모두가
기다리는
사람

일러두기.

운송장의 작은 글자들을 보느라 눈이 피로한 기사님과 동료들을 위해 큰 글자를 사용했습니다.

모두가 기다리는 사람

택배기사님과
큰딸 지음

어떤 책

○○ 병원에서 △△역으로
신호가 떨어지고 차량이 다 지나가고
우측을 봤더니 차량이 없어서
다음은 내 신호라고 생각하고
스타트 했어 빨간신호내
신호가 떨어졌다고
착각하고 출발
동시에 갑자기 쿵하는 소리와
다시 과광 큰 충격으로
배차가 심하게
요동치고 넘어지려고 좌우로
흔들거렸다 핸들을 꽉 잡고
좌우로 핸들링하여
중심을 잡고 20미터가
량도 밀려서 멈추게
되었다

기사님의 수첩

이게 뭐지 분명히
신호는 보고 출발 했는데
하고 생각 했는데
사고가 나고 말았다
내가 조수석 옆을
마치고 말았다 상대방은
황색 등을 보고 엄청나게
속력을 내고 통과할려고
과속을 한것 같다
정신이 아찔하고 아무
생각이 나지 않았다
내가 사고를 때다니 정말
믿기지 않는 일이였다
항상 조심하고 신중하게
운전 했는데 황풍을 상차할려고
너무나도 조급하게 생각
했었나 보다 고객과의
약속을 지킬려고 많이 상차
시킬려고 1분 1초라고

기사님의 여는 말

택배기사로 일한 지 24년이 됐다. 지금도 하고 있다. 누구나 그렇겠지만 처음엔 낯설고 어려웠다. 무엇보다 물건을 찾는 일이 어려웠다. 그렇게 큰 차도 아닌데 찾으려는 물건이 자꾸만 숨어들었다. 사람들은 내가 길에서 시간을 오래 보낼 거라 생각하지만, 사실 물건을 정리하는 시간이 더 길다. 무슨 일을 하든 정리가 선행되어야 하는 것이 아닐까.

이 책도 그렇게 시작하게 되었다. 불쑥 전화를 걸어와 이야기를 꺼내 놓는 내 고객들 덕분에 메모해 둔 것이 꽤 되었고, 정리를 핑계로 장성한 딸과 자주 소통하며 글이 정리됐다.

하루 300곳도 넘게 돌아다니다 보면, 이런 사람, 저런 사람 만나게 된다. "저 사람 왜 저래?" 하고 성내기보다 "그럴 수도 있지" 하고 넘어갔다. 그래야 다음 날 또 일할 수 있었다. 딸은 이런 내 모습에 놀란 듯했다. 그래서 한마디 덧붙일 수 있었다. 조금만 더 계속해 보라고.

여러분도 이런 일들을 겪고 있지 않을까. 그런 이유로 이 책을 펼쳐 든 게 아닐까. 여러분도 오늘, 오늘이 아니라면 내일, 택배를 받을 테니까. 우리 사이에는 택배를 둘러싼 사연들이 잔뜩이라 무슨 얘기든 공감할 수 있고, 이해도 할 수 있을 테지. 그래서 지금 여러분이 이 책을 결제하고 계실지도 모르겠다. 어쩌면 내일 내가 이 책을 배송하게 될 수도 있고.

그럼, 여러분의 두 손에 책이 안전하게 도착하기를 바라며, 저는 먼저 본문으로 가겠습니다.

차례

①

택배, 어디까지 가 봤니?

②

나는 대한민국의 택배기사

③

거기서 뭐 하세요?

④

세상의 반

5

그날이 그날인 줄 알았지만

⑥

어쩌다 운명 공동체

①

택배,
어디까지 가 봤니?

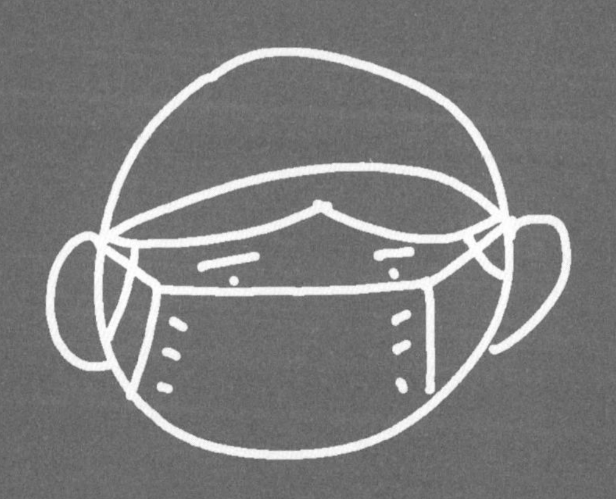

은행을 털어라

택배 배송지라 하면 아파트 단지 같은 주거지역을 먼저 떠올리기 쉽다. 틀린 건 아니지만, 생각보다 더 다양한 곳으로 배송을 다닌다. 특히 내가 처음 택배 일을 시작한 20여 년 전에는 개인이 주거지로 택배를 받는 일이 드물었다.

택배 일 초기에 내가 다니던 배송지 중에 은행도 있었다. 지금처럼 구성원 개인을 위한 어떤 물건보다는 업무에 필요한 물품을 주로 배송했는데, 그날도 역시 은행에 누가 봐도 사무실 물품처럼 생긴 것이 왔다.

배송 업무 시간과 은행 업무 시간은 겹칠 수밖에 없고, 두 업무 모두 상황 봐 가며 조절할 수 있는 일이 아니라서 나와 은행 직원의 입장은 첨예했다.

바쁜 직원이 물건을 받지 않고 말했다.

"문 옆에 두세요."

그래서 두고 왔다. 영 찜찜했다. 아니나 다를까, 며칠이 지나서 물건이 없어졌다는 연락이, 물건 보낸 업체를 통해 왔다. 지금이라면 대수롭지 않았을지도 모르지만 일을 시작한 지 얼마 안 됐을 때라 누가 눈앞에서 리모컨을 눌렀나 싶을 정도로 머릿속이 캄캄했다. 문 옆에 둔 것 같은데 기억이 확실하지 않았다.

물건은 통장으로, 특수 인쇄한 것이라 매우 비싸다고 했다. 그때 당시 돈으로 10만 원이라고 했다. 아예 모든 전원을 내렸나 싶을 정도로 머릿속이 더 캄캄해졌다.

그날 업무를 다 마치고 배송했던 은행에 갔다. 기억상실증 환자라도 된 양 그곳에 가면 생각이 날지도 모른다는 마음이었다. '문 옆'이라고 여겨지는 이곳저곳을 살펴보았는데 물건이 없었다. 그러다 왜인지는 모르겠으나 지점 뒷문에서 쌔한 기운이 느껴져서 그곳으로 가 보았다. 있었다. 내가 배송한 통장들이 있었다.

아무래도 누군가 그 물건을 뒷문 쪽으로 옮기고 나서 혼자만 알았던 것 같다. 물건이 스스로 '저 뒷문 쪽에 자리를 잡고 있어야 나를 돌아보겠지' 하면서 슬금슬금 움직이지는 않았을 테니.

그날은 은행 뒷문을 털어(?) 물건을 찾아낸 덕에 발걸음 가볍게 집으로 돌아올 수 있었다. 이후로 그동안은 소홀히 하던 '수취하시는 분'의 서명 받는 일을 열심히 하게 되었다. 사람 많은 곳에서는 이름 석 자를 적는 책임으로 남의 일이 다른 사람 아닌 나의 일이 되는 것을 알게 되었기 때문이다. 은행 뒷문을 터는 일보다는 그 편이 훨씬 합리적이었다.

TOWN BANK

고객 아닌 고객 같은 고객보다 더

요즘에는 상황이 달라져 출입하지 못하지만 학교에 배송을 갈 때도 있었다. 가르치는 이와 배우는 이, 이전에 우리는 쇼핑 인류. 회사원들이 문서수발실에서 택배 수령하면서 기뻐하듯 선생님들도 마찬가지. 그분들은 행정실을 주로 이용하셨다.

그중에서 P여중 행정실은 유별났다. 물건 위탁을 못 하게 했고 직접 선생님 반으로 배송을 하도록 했다. 문제는 '몇 학년 몇 반 담임 아무개'라고 적는 선생님은 없다는 것이었다. 우선 행정실로 방문하면 선생님 이름을 보고 “2층으로 가세요”, “3층으로 가세요” 하고 알려 주었다. 그래서 “몇 반입니까?” 하고 되물으면 아주 귀찮다는 듯이 알려 줄 때도 있고 아예 안 알려 줄 때도 있었다. 2층에 가서 “택배 시키신 아무개 선생님~!” 할 수도 없고 난감했다.

더구나 선생님들은 수업시간에 전화를 받지 않으셨다. 통화가 안 돼서 배송을 할 수가 없으니 행정실에 위탁하면 안 되겠느냐고 하면, 유별난 그 행정실 직원분은 아랑곳하지 않고 무조건 직접 배송을 요구했다. (물건 시킨 내 고객님도 아니면서 진짜 너무 심한 갑님이셨다.) 짐이 무거워 손수레를 끌어야 할 상황인데 수업 중이라 조심스럽다고 간곡하게 부탁했을 때도 자기 일이 아니니 맡아 줄 수 없다고 했다.

본인에게 배송을 하라고 한 것도 아니고 사무실 한 구석에 물건을 두고 갈 수 있게 해 주면 물건 주인분이 곧 찾아갈 텐데, 행정실이 다 자기 것인 양 그랬다. 물건을 놓고 가기로 고객님과 약속을 했으니, 나도 어쩔 수 없었다. 행정실 문 앞에 두고 나왔다.

한 시간 뒤에 고객센터에서 전화가 왔다. P여중 행정실 직원이 강력하게 항의하며 나를 자르라고 했다고 한다. 내 고객도 아닌데 나를 어떻게 자르고 붙일 건지는 모르지만 그렇게 말했다고 한다. 사람을 색종이로 보았나.

학교는 선생님과 학생들의 편의를 위한 공간인데, 그 공간을 위해서 일하는 사람이면 나와 같은 입장이 아니었나. 물건을 맡아 두는 것마저 그렇게 귀찮고 힘들다면서 고객센터에 전화해 사람을 색종이처럼 자르라고 말하는 것은 안 귀찮고 쉬운 일이었는지.

유별났던 그 행정실 직원분도 얄밉고, 생선을 학교로 시켰던 고객님도 밉고. 마음이 이상하게 잘리고 붙어서 그날은 조금 뒤틀렸던 것 같다.

스님과 박카스

내 배달지역 중 도시계획으로 왕복 6차선 도로가 새로 난 곳이 있다. 도로를 사이에 두고 완연한 도시와 울창한 숲이 공존하고 있다.

숲 쪽에는 대흥사라는 절도 있다. 역사가 얼마나 되었는지는 모르나 탑도 하나 있고 제법 절이라고 해야 하나(절인데 이상하게 이런 소리가 나온다). 아무튼 도심 속에 있는 좀 독특한 곳이다.

장소의 특이성뿐만 아니라 내가 그곳으로 자주 배송을 갔다는 것이 좀 더 희한한 일로 비춰질 것 같다.

그때 계시던 주지스님이 인터넷을 좋아하셔서 격일로 배송을 갔었다.

속세와 떨어져 있고 무소유를 해야 하고…… 내가 그런 이미지를 스님에게 덧씌웠구나, 하고 생각했다. 세상과 거리를 두면서도 일상을 진행하시려면 오히려 택배만 한 것이 없겠구나, 하는 깨달음이 오기도 해 스님의 수련에 동참하는 기분도 들었다.

배송을 가면 좋았던 점은 두 가지다. 우선 절은 마당이 넓어서 차를 돌려 나오기가 아주 좋았다. 길이 약수터와 연결되어 있어서 폭이 좀 좁기는 했지만 주차를 하기도, 차를 돌려 나오기도 좋았다.

또 다른 하나는 박카스였다. 배송을 가면 스님은 꼭 박카스 두 병을 주셨다. 당신 것이 없으면 절에서 봉사하는 보살님들께 부탁해서 꼭 두 병씩 챙겨 주셨다. 스님에게 덧씌웠던 이미지대로 국화차 같은 그런 게 아니라서 나에게는 또 그 생경함이 뭔가 귀했다.

나는 그래서 스님이 그렇게 나이가 많으신 줄도 몰랐다. 어느 날 방문하니 보살님께서 스님이 열반하셨다고 했다. 무슨 안 좋은 일이 있었나 싶어서 조심스레 사연을 여쭈니 워낙 연세가 많으셨다고 했다. 스님에게 또 어떤 이미지와 고정관념을 덧씌웠던 것은 아닌지. 박카스를 볼 때마다 아직도 나는 깨달음에 다가가기엔 멀었구나, 하고 생각하게 된다.

박카스

취미는 장비발이라지만

이곳저곳 특이한 곳에 배송 많이 해 봤다고 자부하던 근무 18년 차 즈음, 산중턱으로 배송을 갔다. 그곳은 내 배송지역이 맞았지만 산이라 한 번도 가 본 적이 없었다.

TV 채널을 돌릴 때 보았던 '자연인'이 인터넷 쇼핑을 하는구나, 상상했던 내가 순진했다. 그곳은 거주지가 아닌 S산 배드민턴장이었다. 건강 생각해 산중턱에 올라가 배드민턴을 하면서 그에 필요한 장비들은 남이 준비해 줘야 한다고 생각하는 사람들이 있었던 것이다.

한두 개면 '세상엔 다양한 사람들이 있으니까' 했을 거다. 그런데 주 소재가 금속인 라켓이 열 박스였다. 그곳에서 운동하는 사람들이 한꺼번에 주문한 것이었다.

일단 산 아래에 주차를 한 뒤 어떻게든 한 수레에 담았는데, 가는 길이 흙길이거나 나무 데크라 오를 수가 없었다. 무엇을 바라고 그랬는지 모르겠지만 나는 고객님에게 전화를 걸었다. 이게 꿈이라면 깨고 싶었는지도…….

역시나 현실이었고 고객님은 본인이 그곳에 계시지 않아서 직접 수취하기 어렵다 했다(건강은 주말에만 생각하시는 듯하다). 그리고 내가 미처 꺼내지 못한 진심도 눈치챘는지, 택배가 고객이 원하는 장소면 어디든 배송을 해야지 고객에게 전화를 왜 하냐고 했다(연락 안 하고 배송하면 '임의 배송'이라고 컴플

레인하실 거면서). 산중턱까지 열 번의 산행을 해 겨우 배송을 마쳤다.

어느 저녁 여느 때처럼 저녁을 먹으며 뉴스를 시청하는데 내가 열 번 올라가 익숙한 그 산길이 나왔다. 시간이 꽤 지났지만 강렬한 기억이었는지 보는 순간 알아차렸다.

뉴스에서는 산중턱에 있는 배드민턴 시설이 무허가며, 개인들의 목적을 위해 자연을 훼손하여 다른 시민들이 누릴 권리를 침해하고 있다고 전했다.

역시나……. 오늘 만천하에 알려지는군.

그날 저녁밥은 특별히 더 맛이 있었다.

나도 괜찮아요

우리나라에 치킨집 다음으로 많은 곳이 교회다 보니 그만큼 교회 배송은 흔한 일이라 할 수 있다. 특히 다른 종교시설과 달리 주거지역에 인접해 있지 않은가.

내가 이야기하려는 교회는 일반적이지 않은, 조금은 요상한 곳이었다. 일단 그곳은 주차장이 넓어서 주정차에 압박이 없었고, 들통엔 항상 뜨거운 물이 있었고, 믹스커피가 지천에 널려 있었다. 길거리 전도를 위한 것 같았는데 워낙 많아 나에게는 그 교회가 '믹스커피의 샘'처럼 느껴졌다. 샘이 솟듯 믹스커피가 나왔다.

어딜 가든 내 친화력은 상당해서 목사님과 이야기를 하다 교인들하고도 가벼운 안부를 나누게 되었다. 하루는 커피를 얻어먹으며 이런저런 이야기를 듣는데 그 교회 교인들의 위대함이 주제였다. 자기네 교회에 다니는 사람들은 사회적 지위가 높고, 잘생기고, 자식들이 하나같이 공부를 잘한다는 것이다. 그게 다 특정 종교의 힘이라고 했다.

천대받는 약한 자도 사랑하고 용서하시는 그분인 줄 알았는데 어쩐지 일반 교회와 다르다는 생각이 들었다. 그런데 기어이 한 교인이 나를 보고 한마디 했다. 기사님은 우리 교회 교인 하고 싶어도 못 하겠다고.

저도 괜찮습니다만.

나 혼자만의 느낌적인 느낌은 아니었던지 얼마 뒤 어느 시사 고발 프로그램에 그 교회가 나왔다고 한다(나는 못 봤다).

그 바람에 이사를 갔는지 없어진 것인지는 모르겠으나 곧 그 교회는 흔적도 없이 사라졌다. 그렇지만 그 교인이 했던 말은 내 마음 깊이 콕 박혀 아직도 어느 한구석에 남아 있다.

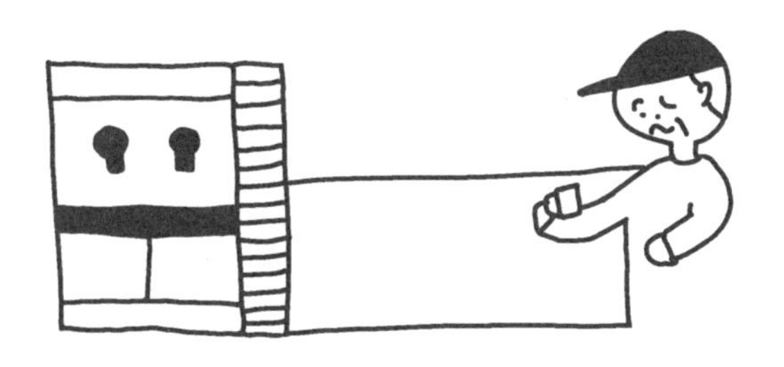

클래식은 영원하다

택배기사에게는 주소 외에도 또 다른 지표가 있다. 운송장에 조금 크게 쓰여 있는 숫자와 알파벳의 코드다. 코드는 각 택배사마다 다른 기준으로 정해지는 것 같은데 주소지 기반인 듯하나 딱 그렇다고 하기엔 뭔가 다르고, 정확히 무엇이라고 하기 어렵다.

처음 택배 일을 시작할 때만 해도 코드를 표로 정리해 책받침처럼 코팅해서 가지고 다녔다. 고객이 적은 주소를 보고 해당되는 코드를 코드표에서 손가락으로 짚으며 찾았었다. 요즘은 초성만 입력해도 해

당 지역의 코드가 기재된 운송장이 출력되어 나온다. 신기하다, 신기해.

너무 '라떼'인 것 같아 말 안 하려고 했지만 도로명 주소가 시작되었을 때도 이걸로 위기를 잘 넘겼다. 변화에 발맞추어 주소지가 하루아침에 '무조건' 도로명으로 표기되었다. 뭐든 변화에는 과도기라는 것이 있기 마련인데 그것을 깡그리 무시한 처사였다. 도로명으로 바뀐 주소에는 동이 나와 있지 않으니 어제의 내가 배달할 수 있는 형편이 아니었다. 도저히 따라갈 수가 없었다.

어쩔 수 없이 고객들에게 주소지를 묻는 전화를 연신 걸어야 했다. 그에 시간을 빼앗기니 배달 자체가 너무 어려웠다.

앞을 내다본 것인지 그저 변화를 못 한 것인지 모르겠지만, 다행히 코드는 사라지지 않고 그 자리에 있었다. 덕분에 코드를 보고 대강 어느 동네인지 알아서 비슷한 위치를 찾을 수 있었다.

신문물이 항상 앞서 나가는 것만은 아니다. 계속 유지되는 것들에는 그럴 만한 비법이 존재하기 마련이다. 그러니 더 집중해야 할 수도.

〈생활의 달인〉에 나간다면 코드표로 지역을 맞추는 미션으로 해야겠다고 생각한 적이 있다. 이제는 더 이상 필수적인 일이 아니라 아무래도 방송은 안 될 것 같다. 그래도 여전히 코드는 운송장에 표기되고 있고 나는 아직 코드를 보고 배달지역을 찾아간다.

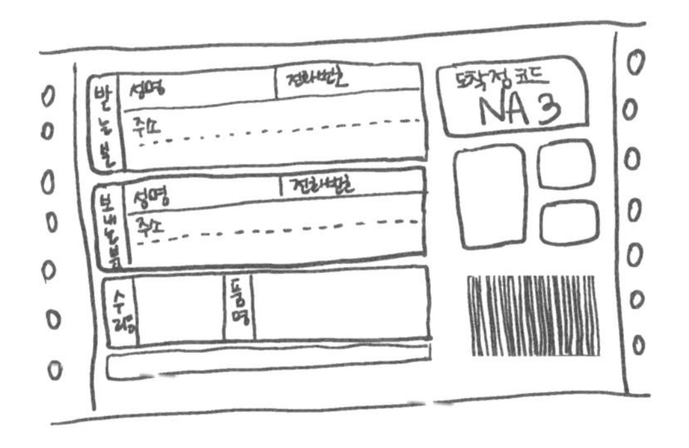

편의점 택배 탐정단

모퉁이만 돌면 동네 어른들이 앉아 있던 평상처럼, 요즘은 편의점이 그런 역할을 하는 것 같다. 그곳을 거치지 않는 동네사람이 없고, 누구에게나 공평한 시선이 나누어지는 곳. 학대받은 아이가 세상 밖으로 도망쳐 나온 모습을 편의점 CCTV 영상으로 보게 되는 것을 보면 그렇다. 편의점은 이제 그만큼 중요한 동네 핫플레이스다.

언제부터인지 편의점에 택배가 도입되었다. 택배를 보낼 일이 있다면 가장 오가기 쉬운 동네 편의점에 가면 해결이다. 누구 아이디어인지 몰라도 꼭 인정받고 승승장구하셨기를. 이렇게 편리한 편의점 택배를 다른 방면으로 적극 활용하신 분의 이야기를 해 보려고 한다.

편의점은 주로 아르바이트생이 지키고 있는 때가 많다. 그런데 그 지점은 달랐다. 점주의 꼬장꼬장한 성향 때문인지 알바생 없이 점주가 홀로 지키는 때가 많았다. 어느 날은 그 점주, 그러니까 사장님이 다른 사람들은 대수롭게 여기지 않을 부분을 가지고 뭔가 수상하다며 나에게 말을 걸어왔다. 특정한 어떤 분만 왔다 가면 택배가 쌓이는데, 찍혀 있는 금액이 터무니없이 적다는 것이다.

특이하게 그 손님은 꼭 오후 3시에서 3시 30분 사이에 온다고 했다. 내가 4시쯤 편의점에서 물건을 수거해 간다는 사실까지 미리 파악한 것 같다는 얘기였다.

뭐 그렇다 해도 편의점에 피해가 가는 일은 없고 오히려 내가 좀 억울해지는 일이었는데, 사장님은 진심이었다. 범죄의 냄새가 난다는 것이다. 결국 내가 밖에서, 편의점 사장님은 안에서 3시부터 잠복하기로 했다. 어쩌다 보니 편의점 택배 탐정단 결성.

아니나 다를까, 3시 17분 무렵에 나타난 그분은 수레로 여섯 박스를 싣고 왔다. 편의점에 들어와서는 연신 주위를 두리번거리더니 저울에 아주 작은 수첩을 하나 올려 놓았다. 가져온 박스들을 보면 택배비가 대략 3만 원은 나와야 정상인데, 그분은 총합 13,000원이 찍힌 영수증들을 출력하고 계산을 하려 했다. 순간, 내가 튀어나오고 사장님이 제지했다. 원래대로 가져온 박스 여섯 개를 차례대로 저울에 올려 계산하니 총합 39,000원. 그분은 무려 26,000원이나 부정을 저지른 거였다.

자율적으로 저울을 이용해 배송물품의 무게를 측정하고 택배비를 계산하는 시스템을 악용한 수법이었다. 택배 수거 시간에 맞추어 접수하면 택배기사가 바로 가져가니, 편의점에 물건이 적재되어 있는 동안 의심을 살 일이 적어진다는 사실까지 이용한 것이다. 죄질이 아주 좋지 않았다.

물건을 훔친 것도 아닌데 무슨 잘못이 있냐는 듯 말하는 그분에게 정말 두 손 두 발 다 들었다. 절도는 아니어도 불법이고 사기였다. 편의점 사장님이 경찰을 부르겠다고 하자, 그분은 곧바로 본인 짐을 다 챙겨 나갔고 다시는 편의점에 오지 않았다고 한다.

편리와 자율을 보장하면 그를 통해 불법을 저지르려는 자들 때문에 사회가 위태롭다는 생각을 하다가도, 사실 본인의 입장에서 아무 이익이 없음에도 불의를 해결하고자 했던 점주를 보면 다른 마음이 든다. 아직은 희망이 있지 않은가 하고.

이후에도 편의점 저울에 여러 박스 중 가장 작은 박스만 올려 두고 배송비를 계산하는 유사한 사건이 여러 차례 있었지만, 편의점 택배 탐정단이 있는 한 어림도 없는 일이다.

ⓘ 혹시 이 글을 보고 그런 방법이 있겠구나, 하고 무릎을 탁 쳤다면 안타깝지만 이제는 절대 못 하는 일이다. 거의 모든 편의점의 택배 저울은 카운터로 옮겨졌고, 사정상 옮길 수 없는 곳은 편의점 점원이 배송물품을 저울에 올려서 측정하도록 매뉴얼이 변경되었다.

점장님
탐정의
상징인
트렌치코트

오늘 다 풉니다, 택배 꿀팁 3종!

1. 운송장을 꼭 챙기세요.

운송장은 자체가 영수증이기도 하거니와 뒷면에 택배사가 물건을 보내신 분과 맺게 되는 계약약관이 게재되어 있습니다. 그 내용에 동의했다는 전제하에 물건을 보내게 되어 있는 것입니다. 택배사마다 항목은 조금씩 다르지만 권리를 보장받을 수 있는 내용들이 일목요연하게 정리되어 있습니다.

2. (그러므로) 배송된 물건의 파손이나 분실과 관련해서 택배기사와 전화를 하며 싸울 필요가 없습니다.

일부러 물건을 파손하거나 분실하는 기사는 없습니다. 그럴 시간이 일단 없고요. 택배 물건이 무사히 전달되길 원하는 세 사람 중 하나가 택배기사입니다. 어디에 택배를 두었다고 하는데 못 찾겠다 하는 상황이 아니라면 서로 감정 상할 필요가 없습니다.

파손된 상품은 사진을 찍어서 증빙하세요. 어디에서 파손이 이루어졌는지는 끝까지 추적할 수 있습니다. 터미널에서 택배기사의 모든 행동은 CCTV로 녹화되고 있고, 택배 트럭에도 블랙박스가 있으니까요. 택배기사의 잘못인지 확인할 수 있는 자료는 충분합니다. 굳이 말로 공격할 필요가 없죠.

배송 중 발생한 상황이 아니라면 발송업체에 연락하시면 됩니다. "택배기사 당신이 날 대하는 태도를 바꿔 수겠어!" 하는 분이라면 삐빅. 죄송하지만 갑질

입니다.

분실의 경우 증빙이 어려운 것이 사실입니다. 그렇지만 CCTV와 블랙박스를 통해 최종 기록을 찾으니 걱정하실 필요가 없습니다. 고객님이 못 받으셨다고 하면 못 받으신 거죠. 그렇지만 이런 일이 반복된다면? 명심하십쇼. 모두가 당신보다 똑똑합니다. 언젠가 꼭 잡힙니다.

3. 포장을 할 땐 물건과 거의 비슷한 크기로. 친환경 소재도 괜찮습니다.

상자에 여백이 많을수록 물건은 흔들릴 수밖에 없습니다. 가급적 상품 크기와 비슷한 크기로 포장하세요.

종이상자도 다 친환경은 아니니, 이왕이면 재사용하는 것이 좋습니다. 재사용하는 상자라 크기를 맞추기 어렵다면 종이를 구겨 넣거나 다른 종이상자를 넣어 빈 공간을 채워 주세요. 상자 모서리까지 뭔가로 가득차 있어야 물건이 파손되지 않아요. 뽁뽁이가 꼭 필요한 건 아니랍니다. 하지만 어떤 친환경 소재들은 물에 절대적으로 취약합니다. 날씨를 확인하는 것도 좋은 방법이 될 수 있죠. 친환경 포장도 다이어트처럼 해야 하지 않을까요? '비닐은 절대 안 됨', '뽁뽁이 퇴출하자' 하고 너무 강하게 밀어붙이다 보면 빨리 지쳐 버릴 수도 있으니까요. 물에 약한 품목은 상황에 맞추어 포장을 달리하는 것이 좋아요.

친환경 포장이라고 해서 마냥 부실한 것도 아닙니다. 물론 더 나은 친환경 패키지를 고민할 필요는 있겠지만요. 사실 택배기사는 물건만 훼손되지 않으면 어떤 포장이든 다 좋습니다.

일상이 자리를 비운 사이, 택배는

세기말 느낌의 영화가 아니라 현실에서 모든 사람들이 마스크를 쓴 모습을 보게 될 줄은 몰랐다. 생각지도 못한 바이러스의 창궐로 모두의 평범한 일상이 자리를 비웠지만 택배 배송은 안전을 위해서라도 더욱 굳건히 자리를 지켜야만 했다.

그 어느 때보다 많은 관심도 받았고 '덕분에'라는 소리도 들었으나 어려운 일들도 많았다. 모두가 힘든 와중에 또 어렵다는 말이 지겨울까 봐 안 하려고 해서 그렇지. 그래도 이만큼 책을 펼치고 읽으셨다는 건 지금까지 괜찮았다는 이야기니 조금 더 적어 본다.

비대면 배송 권고로 문 앞 배송이 정석이 되었다. 아직 연구결과가 없어 택배 상자에 바이러스가 묻어 있는지 확인할 방법이 없으니 그러한 권고가 적절해 보였다. 나조차도 물류센터에 확진자가 나왔다고 하면 두려웠으니.

똑같이 두려운 마음 때문인 것을 알면서도 너무하다 싶은 분도 있었다. 문 앞에 두지도 못하게 하고 조금 열린 틈으로 연신 소독제를 뿌려 댄 사람. 얼굴에 대고 뿌린 것은 아니었지만 분무 형태라 마스크로 가릴 수 없는 눈을 따갑게 했다. 상자를 해체하고 손을 닦는 게 더 효과적인 방역일 것 같았지만, 내 생각이지 지침은 아니니 말할 수 없었다.

택배업은 코로나로 호황을 탄 것으로 알려졌지만 초

기에 물류센터에 확진자가 나왔을 땐 많이 주춤했었다. 이후 택배 수요가 누적되어 소화할 수 없을 정도로 물량이 늘었을 땐 배송이 늦어졌고, 그 때문에 다른 형태의 배송 서비스로 옮겨 간 고객들도 있다(도보 배달, 이륜차를 통한 배달 등). 너무 어려운 분들이 많아 이런 말조차 죄송스러워 꺼내지 못하는 것뿐이다. 코로나로 택배업이 큰 수익을 챙긴 것으로 생각하시는 분들에게 그건 아니라고 꼭 말씀드리고 싶었다.

코로나 이후 배송은 시간이 많이 걸린다. 물건을 문 앞에 두고 사진을 찍어 고객에게 전송해야 하는데 아무리 스마트폰 터치가 되는 장갑을 꼈다 해도 잘 안 된다. 내 손가락이 문제인지 모르겠지만.

그 겨울날은 또 얼마나 추웠던지. 물건을 내려놓고 장갑을 벗고 사진을 찍고 장갑을 다시 끼고. 평소 안

하는 세 가지 동작이 계속 반복되어 모이면 엄청난 시간이었다.

사전에 충분히 문자메시지로 안내가 되었음에도 집에 사람이 있었는데 문 앞 배송했다고 컴플레인을 하는 고객도 있었다. 사람을 무시하고 돈 쉽게 벌려고 한다며 목소리를 높이셔서 죄송하다고 말씀은 드렸지만. 이런 항의 전화를 받는 시간까지 합치면 정말 곱절이 걸린다.

정도가 심한 고객 한 분은 기사가 문 앞에 두고 도망가서 택배가 사라졌다고 화를 내셨다. 분실 처리를 도와 드리려고 하는데 아무래도 느낌이 이상해서 사건 조사도 겸해 경찰관과 함께 방문하겠다고 하니 갑자기 집에서 물건이 나왔다고 했다.

분실 이야기가 나와서 하는 말이지만 고가 상품의 연이은 분실 사건도 생겼다. 보통 고가 상품은 계약도 다르게 되어 있고 해서 기사들도 각별히 주의를 기울이는데 이 상품은 그렇지 못했다. 문 앞에 두는 비대면 배송을 하면 100프로였다.

그 주인공은 한때 가격이 폭등했던 마스크. 마스크가 고가의 상품이 될 줄이야. 그 당시 시세는 30개에 10만 원 정도였다. 마스크 30개는 크기가 얼마 되지 않아 작은 박스에 포장되었고, 누구나 마음만 먹으면 쉽게 숨길 수 있었다. 마스크가 분실되면 그날은 무료배송한 셈이 되었다. (모두가 당신보다 똑똑하다고 경고한 만큼) 절도범은 금방 경찰에 잡혔는데, 그 사람은 마스크만 훔치러 다녔다고 한다.

다 지나가고 그땐 이런 일도 있었다고 웃으며 말할 수 있는 날이 오고 있겠지? 그날이 다 왔다면 조금만 더 서둘러서 와 주었으면 좋겠다. 모두가 너무 지치지 않도록.

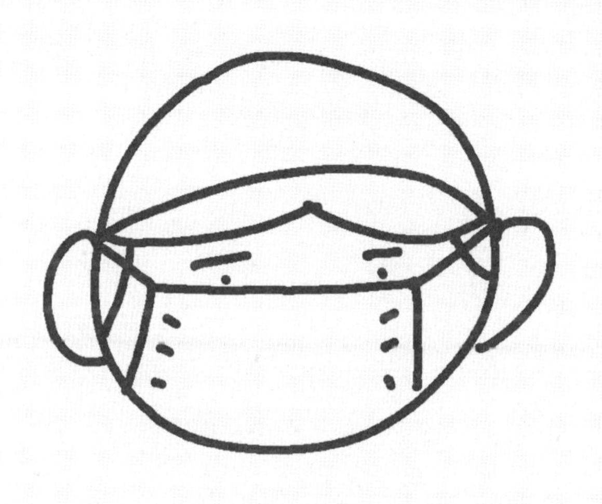

②

나는 대한민국의 택배기사

사랑이 어떻게 변하니

평소처럼 "박보검 씨 댁이죠?"라고 물었다. 그런데 고객님이 아니라고 하셨다. 한 번 더 확인을 해야 했기에 주소로 여쭈었다. 아니라고 하셨다.

잘못 배송이 되었구나 싶어서 발송한 업체로 전화를 했다. 업체에서는 고객님이 기입한 그대로라고 했다. 설마…… 하는 생각에 다시 고객님께 전화를 걸었다.

요즘 이런 일이 많다. 세상이 너무 흉흉하다 보니 본인의 이름을 적지 않고 유명 남자 연예인의 이름을 적는다. '이름 남친'이라고 한다나. 배송 정보에 개인 정보가 많다 보니 혹시 여자 혼자 사는 집이라는 것이 알려질까 봐 이런 행동을 하는 것이다.

여자 혼자여서 두려움을 느껴야 한다는 것에 분노하는 딸 키운 아빠 입장이다. 다만 변심은 안 하셨으면 좋겠다.

그 고객님의 경우 마침 새로운 곳으로 이사를 하셨는데 이름 남친도 다른 배우로 바꾸셔서 순간 착각하고 아니라고 부인하신 것이었다.

비밀번호처럼 한 사람으로 갑시다. 어떻게 사랑이 변합니까.

사랑이
어떻게
변하니 . . .

그쪽도 수고가 많으십니다

택배 일을 하면서 가끔 경찰관분들을 만나게 된다. 주차 문제나 교통 법규를 위반해서가 아니라 용의선상에 올라 수사에 협조해야 하는 그런 심각한 수준이다. 택배가 없어졌다며 경찰에 신고하는 사람들이 자주는 아니지만 아예 없는 것은 아니다. 존재한다. 나도 지역에 따라 근무하고 경찰분들도 그러하니 얼굴을 익힐 정도임을 굳이 덧붙이고 싶다.

경찰에 신고부터 하는 고객들은 특성상 진상의 기운을 가지고 계시고, 경찰 출동이 세금을 내서 당연히 받는 서비스라 생각하신다. 그분들은 택배 실종 사건을 엄중히 수사해 달라고 경찰에 호소한다. 이런 사건에 수사력을 동원해 정말 중요한 곳에 미칠 어려움은 생각조차 못 하니 그러시는 것이겠지만, 정말 간곡하다 못해 집요할 정도로 요청하신다.

한 시민의 소중한 신고라 어쩔 수 없이 공무집행이 이루어진다. 경찰관 두 명이 출동해 인근 지역에 있는 CCTV 촬영분을 돌려서 확인한다. 물건을 들고 배송을 가는 나와 빈손으로 나오는 나를 찾는다. 내 차 블랙박스 영상을 제공하기도 한다. 그분들은 소중한 시간을 할애해 그 영상을 다 확인한다.

택배기사가 물건을 훔친 것이 아님을 확인한 후 이 사실을 민원인에게 알리면 그럴 리가 없다는 반박이 들어온다. 경찰분이 "택배기사님과 통화하셔서 문 앞에 두고 가라고 요청하셨다면서요" 하면, 자기는

최고야!

통화한 적도, 문 앞에 두라고 요청한 적도 없다고 한다. 보다 못해 내가 휴대전화에 1분 34초의 통화 기록이 남아 있다고 하면, 본인이 판사신지 증거로 효력이 없어 채택할 수가 없단다.

보통 이런 사건은 현장에 다시 돌아오는 범인에 의해 밝혀진다. 이를테면 학원에서 돌아온 아들이 학원에 가기 전 집 안에 택배를 들여 둔 것으로 밝혀지는 것이다.

나는 그런 오해를 받을 수밖에 없는 상황이기도 하고, 그래서 이제는 그런가 보다 하지만, 두 명이나 이런 일로 CCTV부터 블랙박스까지……. 그쪽도 정말 수고가 많으십니다.

다른 동료

다른 일도 그렇겠지만 택배업계에서도 다른 국적, 다른 인종인 친구들이 함께 일을 하고 있다. 처음 아시아 쪽이나 러시아 쪽 사람이 하차 일을 하는 것을 봤을 때는 그저 '그렇구나' 했었다. 그런데 피부색이 다르면 나도 모르게 조금 다른 눈으로 바라본 것 같다. 내가 촌스러운 옛날 사람이기 때문이다. 그래서 미안했다.

나는 이태원도 못 가 봐서 영화나 TV가 아니고서는 피부색이 다른 사람을 그때 처음 본 것이었다. 나와 다르니 신기한 마음이 먼저였다는 것이 어느 것도 덧붙이지 않은 표현이다.

그렇게 나와 다른 그는 나보다 더 한국말을 잘했다. 얼굴을 보지 않고 목소리만 들었다면 다름을 알아채지 못했을 것이다. 그런 부분이 신기하지 않았다고 하면 거짓말이다.

그 친구는 커다란 트레일러를 운전해 각 터미널에 주차하는 일을 한다. 보통 사람들은 하기 어려운 주차를 힘도 들이지 않고 잘한다. 그뿐이다. 우리는 일로 만난 사이라 그 이상은 잘 모른다. 나는 이 이상을 말하고 생각하는 것이 이상한 것 같다. 어떤 사람들은 다른 국적과 인종인 사람들에게 집중하고 그들이 자기 것을 빼앗는 존재인 것처럼 생각한다. 그래서 지구 반대편에서는 총도 쏘고 칼도 휘두르는 모양이다.

가까이에서도 다르다는 이유만으로 그들을 쉽게

대해도 된다고 생각하는, 함부로 업신여겨도 되는 사람으로 취급하는 사람들이 보여서 불편할 때가 있다. 그런 폭력은 두려움에서 기인한 것은 아닌지. 나와 다르다는 두려움으로 혐오하면서 힘을 과시하려는 것은 아닌지. 그런 사람들이 이런 글을 읽을지 모르겠지만 보게 된다면 생각해 보시길.

그들은 당신이 가지고 있던 것을 빼앗은 것이 아니다. 당신이 지금 가지고 있지 않다면 그것을 지닐 능력이 당신에게 없었던 것이다. 그럴 만했다면 당신은 현재 그걸 지니고 있었을 것이다.

특정 국적이라서, 어떤 성별이라서 혜택을 받을 수 있을까? 그는 당신보다 커다란 트레일러를 운전할 수 있는 능력이 출중하며, 적어도 2개 국어를 할 수 있다. 그래서 본인의 일상을 꾸려 나간다.

다른 이가 가진 것과 내가 가진 어떤 것을 비교하

지 말고 다른 사람에게 너무 큰 관심을 갖지 말고 나라는 사람이 누구인지 집중하는 것으로 두려움을 극복해 보길. 그러지 못한다면 그저 지질한 것이고 구린 것이다.

개늑시의 짐 내리는 차

해가 지고 어둠이 내리는 시간. 빛과 어둠이 뒤섞여 낮이라고도, 밤이라고도 할 수 없는 그 경계의 시간에 저 언덕 너머에서 실루엣으로 다가오는 짐승이 있다면, 내가 기르는 개인지 나를 해치러 오는 늑대인지 분간하기 어렵다.

드넓은 초원이 있는 곳에서 이런 표현이 구전되었는지 프랑스에는 'l'heure entre chien et loup'라는 말이 있다고 한다. 직역하면 '개와 늑대 사이의 시간'이라는데 한국에서는 드라마 〈개와 늑대의 시간〉을

줄여서 〈개늑시〉라고 부르다 보니 줄임 표현으로 정착된 것 같다.

드넓은 초원이나 늑대가 없는 도시에도(개는 있다) 이 시간은 존재한다. 어느 명절 즈음 개늑시에 좁은 길을 지나다가 쿵 소리가 났다. 제법 둔탁한 소리가 그냥 뭘 살짝 터치한 것 같지가 않았다. 양옆에 차가 주차되어 있어서 그사이로 뭐가 튀어나왔나 생각하니 아찔했다. 살아 있는 동물……? 아니면 설마…… 사람인가……? 속도를 많이 낸 상태는 아니었지만 짐이 평소보다 많이 실려 있어서 위력이 있었다.

일단 내려서 주위를 살피는데 아무것도 없어서 더 무서워졌다. 그런데 저 멀리서 달려오는 사람이 소리쳤다.

"아저씨, 잘 보고 다니셨어야죠!"

뭐가 뭔지 잘 모르겠는 순간 그분이 달려오는 방향에 검은색, 다행히 물체가 보였다. 완전히 떨어져 나간 차 문짝이 거기 있었다. 알고 보니 그분이 차 문을 열고 물건을 내리시다가 그대로 자리를 떴는데, 내가 그 검은색 차 문을 보지 못하고 그대로 들이받은 것이었다.

문을 닫고 물건을 옮기셨다면 더 좋았겠지만, 내가 조금이라도 일찍 그곳을 지나갔으면 그 시간에 물건을 옮기셨던 그분도 보지 못했을 가능성이 있다. 또 날아간 차 문이 그분을 덮치지 않고 덜 미쳐 떨어진 것도 행운이었다. 짐 내리는 택배 차가 짐 내리는 차의 문을 보지 못한 아이러니.

양쪽 다 보험회사를 불렀는데 내 과실이 100프로라고 했다. 열려 있던 문이 사고를 유발했다고 생각하는 내 입장에서는 속상했지만 어쩔 수 없었다.

그 달에는 일한 대가를 고스란히 사고 처리하는 비용으로 썼다. 더 나쁜 상황이 일어나지 않은 것에 감사하며 잊기로 했다. 다만 그 시간대가 되면 더 전방을 주시하고 속도를 줄이려고 주의한다. 내게 개로 보이더라도 늑대가 아닐까 한 번 더 의심해 본다.

제일 좋은 것은 이 시간대가 되기 전에 퇴근하는 것이다. 그런데 고객님들은 이 시간대에 물건을 받길 원한다는 것이 또 아이러니다.

해가 지기 시작하고 어둠이 깔리기 직전. 모두가 집에 돌아와 저녁이 있는 삶을 시작할 무렵. 더 이르면 외부 활동을 나가느라 직접 수령을 못 해서 안 되고, 더 나중이면 밤 늦은 시간이라서 안 된다.

고객님들이 생각하는 황금시간대가 실은 개늑시라는 것을, 짐 내리는 차에게 제일 위험한 시간이라는 것을 이 기회에 이야기해 보고 싶었다.

우리 개는 안 물어요

강아지들의 습성상 그들에게 우리는 못마땅한 존재일 수밖에 없다. 그들은 영역을 지키려고 하고, 낯선 우리는 기분 나쁠 정도로 선을 넘기 때문일 것이다.

완전한 화해를 이루어 낼 수는 없겠지만 서로를 이해해야 이 상황은 나아질 것이고, 여기엔 '남쪽' 그러니까 견주의 적극적인 참여가 필요하다. 그런데 견주가 "우리 개는 안 물어요"라고 하는 순간 모든 것은 돌이킬 수 없어진다.

그 돌이킬 수 없는 순간의 상황은 이러했다.

같은 집에 물건이 일곱 개나 왔고, 나는 거의 눈만 보일 정도까지 물건을 가득 안고 옮겼다. 보통 현관에서 물건을 전달하지만, 눈만 겨우 보이는 만큼이나 많은 물건을 건네받기는 부담스럽다고 생각하셨는지 고객님이 댁 안까지 옮겨 달라고 요청을 하셨다. 중문까지 열고 거실로 올라섰다. 그러자 우다다다, 하고 뛰쳐나오는 소리. 그렇게 소리로 그들의 존재를 눈치챘으나 그렇다고 정중히 그들에게 인사를 여쭙기에는 앞도 안 보일 정도였다.

상황이 정말 여의치 않았다. 그 존재들이 굉장히 노여워하는 것이 느껴져 조금 두려워하며 엉거주춤했다. 고객님이면서 그들의 어머님이신 분은 나에게 어떠한 용기를 주고 싶었는지 이렇게 말씀하셨다.

"우리 개들은 안 물어요."

그런데 그 말이 끝나기도 전에 녀석들 중 한 마리

가 내 발꿈치를 콱 물었다.

두려움에 맞서는 것보다 거기에서 도망갈 때 더 많은 용기가 필요하다는 것을 그때 어렴풋이 알게 된 것 같다. 다행히 겨울이라 쿠션감 좋은 등산 양말로 발을 보호했기에 크게 다치진 않았지만, 그래도 피는 보았다.

택배 상자에는 물건만 들어갑니다

운송장 뒷면에 작은 글씨로 깨알같이 쓰여 있는 내용은 쉽게 지나치게 되는데, 앞서 전했듯 택배 거래에 관한 중요한 계약약관이다. 권리를 보장받으려면 이 내용들에 주목해야 한다. 그리고 생각보다 내용이 꽤 흥미롭다.

일례로 택배로 배송할 수 없는 품목이 있다. 나라에서 금지하고 있는 총기와 화약류를 개인이 어떤 루트로 마련하는지 모르겠지만, 어쨌든 택배로 배송할 수 없다. 뭐 이건 택배가 먼저 자리 잡은 다른 나라의 문서를 그대로 따라 한 듯하다.

그런데 마냥 카피했다고 보기는 어려운, 혹시 이전에 이런 일이 있었던 것이 아닌가 하는 항목들도 있다.

'재발급이 어려운 서류 및 문서'(이런 일은 꼭 있었을 것만 같다), '유가증권과 현금류'(믿음이 대단하다. 비닐 테이프 하나만 믿고 이런 걸 주고받다니), '고가의 병풍류'(이 부분에서 계약약관이 축적된 데이터로 정해졌나 의심해 봤다), 그리고 믿을 수 없겠지만 '살아 있는 동식물류'다.

식물의 경우 별도의 계약을 통해 배송 서비스를 제공하는 것으로 안다. 그 앞에 동물은 정말 충격이다. 배송할 수 없다고 명기해야 한다는 사실이 말이다.

직접 겪은 일은 아니고 들은 이야기이지만, 택배산업 초창기에 불법임을 인지하면서도 상자를 짜서 뱀,

토끼, 강아지를 발송했다고 한다. 집에서 반려동물로 키우는 종種을 편리하게 택배로 받아 보려는 니즈가 있다는 것이 경악스럽다.

당연히 장거리 이동으로 인한 흔들림으로 동물들은 멀미를 했을 것이고 얼마 안 가 죽었다. 택배 배송의 문제로 동물이 죽었다고 가격을 물어내라고 항의하는 고객까지 있었다고 한다.

택배는 물건을 옮기는 서비스다. 흔들림 속에서 멀미를 하고 그로 인해 고통을 느낄 수 있는 존재들을 물건으로 생각할 수 있는가.

그런 일은 앞으로 없어야 할 테지만 아직도 동물을 돈으로 거래할 수 있는 상품으로 인식하는 사람들이 있어 그들이 배송 불가 항목으로 남아 있는 것이 아닌지.

택배 상자 안에는 물건만. 사고팔 수 있는 것이 아니라 반려생활을 함께 영위할 존재를 맞이하는 일인 만큼 신중하게, 사지 말고 입양하시기를.

따라온 친구

우리 지점에 갑자기 두 명이나 결원이 생긴 적이 있다. 피치 못할 개인사정이라 원망할 수도 없어 재빠르게 충원에 나섰다. 어떤 직원이 한 친구를 소개해 주었고, 두 명이 필요한 상황인 것을 알게 된 그 친구가 다른 친구 한 명을 데려왔다.

직원이 소개해 준 친구는 덩치도 좋고 사명감이 엄청났다. 군 장교 출신이라고 했다. 소개해 준 직원에게 앞으로 더 잘해야 할 것 같았다. 그런데 같이 온 그 친구의 친구는 몸집이 작아서 조금 걱정이 되었다. 어쨌든 두 명을 함께 만나 추어탕을 먹는 일로 그동안의 고민을 해결할 수 있었으니, 이보다 더 나은 선택은 없었을 것이다.

아니나 다를까, 작은 친구는 3일 만에 다리를 다치게 되었다. 정형외과에서 2~3주간 깁스를 해야 한다고 했단다.

지금 생각해 보면 그 이야기를 하며 일을 그만두겠다는 뜻을 전하려는 것이었을 텐데, 나는 번뜩 우리 집 민간요법이 생각났다. 축구를 좋아하는 내가 팔에 금이 갔을 때도 이걸로 멀쩡해졌고(어려서 뼈가 금방 붙은 것인지도 모르지만), 야구선수였던 동생도 자주 이용했다. 그것은 어머니의 비법이었다(과학적인 근거는 몰라 무엇이라고 밝히기는 두렵다).

아내한테 부탁해 어머니 처방(?)의 선물을 준비했다. 그 친구에게 일을 대신해 줄 테니 이거 붙이고 하루만 쉬어 보라고 했다. 딸 또래의 친구니 무슨 개소리냐 하고 나가 버려도 어쩔 수 없다고 생각하면서.

내 진심이 전해졌는지 그 친구는 그 선물을 붙였고, 다음 날 거짓말처럼 멀쩡하다며 쉬지 않고 출근했다. 그리고 6년째 함께하고 있다.

너무나 복선이어서 감추기 어렵지만, 덩치 큰 친구는 한 달도 못 채우고 그만두었다. 첫날부터 그만두는 날까지 매일 고객과 트러블이 있었다.

택배 일을 오래하는 사람은 어떤 사람이고, 오래 못 하는 사람이 어떤 사람이라고 말하지 못할 것 같다. 나조차도 왜 이렇게 오래하고 있는지 모르겠지만 그저 나와 잘 맞는다고 느낄 뿐이다. 따라온 친구도 그런 것 같다.

피지컬도 스피릿도 필요 없다. 그저 지금 계속하고

있다면 잘하고 있는 것이고, 그게 계속 쌓이면 오래 할 가능성이 생길 테지.

그렇게 모든 것은 따라오는 것일 듯하다.

베이비 베이비 베이비, 마이 베이비

택배 차에게 주차는 없다. '정차'만이 있다. 배달을 위해 잠시 멈춘 것일 뿐, 그 자리에 그대로 있으면 배송은 누가 하나.

퇴근 후 주거지 주차장에 차를 세우긴 하지만 30년 가까이 산 아파트기도 하고 이웃들 모두 좋은 사람이라서 싫은 소리 하시는 분은 없었다. 오히려 택배 차 하면 "○○호 사는 누구" 하면서 우리 집 문을 두드려 택배 좀 보내 달라고 하시거나 가족들만 전화하는 집전화로 다음 날 새벽에 본인 집으로 와서 택배를 가져가라고도 하신다.

큰 차를 아파트 주차장에 주차한다고 이웃과 마찰이 생긴 다른 직원들이 터미널에 택배 차를 세우고 자가용을 이용해 출퇴근하는 것에 비하면, 나는 정말 행운아다. 하지만 그것도 일부 소수에게 벌어지는 일이고 택배기사들의 주차 문제는 배송을 위해 정차할 때 주로 생긴다.

누구나 겪을 수 있는 평범한 이야기인데 웃기기도 해서 여기 적어 본다. 같이 일하는 직원에게 있었던 일이다.

주차장이 좁은 아파트였는데 역시 그날도 만차. 이중 주차를 하고 머리 위까지 양손 가득 짐을 들고 엘리베이터로 가는 중에 아파트 주민이 뒤통수에 대고 차를 빼 달라고 소리를 질렀다. 짐을 어디 둘 수도 없는 상황이라서 기사는 엘리베이터까지 우선 직진했다.

엘리베이터 앞에 물건을 내려두고 다시 차로 돌아오니 주민은 단단히 화가 난 상태였다. 말을 섞으면 싸움이 나겠구나 싶어서 우선 차를 빼고 보자 하고 운전석으로 향하는 순간, 이런 말이 들렸다고 한다.

"뭐 이런 새끼가 다 있어."

주민 손에는 막 초등학교에 들어간 듯한 어린 자녀의 손이 쥐어져 있었다.

"아이가 듣잖아요. 욕은 좀 삼가 주세요."

이렇게 말했다는데, 아마 똑같이 들리지는 않았을 것이다. 이 친구는 사투리가 굉장히 심하다. 특정 지역을 비하하려고 하는 게 아니라, 그 지역의 말투가 억양이 세고 빨라서 뭔가 화를 내는 것 같은 느낌이 들 때가 있는데, 주민도 아마 그렇게 느낀 모양이다. 더 크게 화를 냈다고 한다.

"내 새끼지, 네 새끼냐? 삐이이이이이익 삐익 삐이이이이이이이이익(차마 적지 못할 말)."

그렇게 베이비는 본인이 찾았으면서 주민은 택배기사가 욕을 했다며 본사에 컴플레인을 걸었다.

이 기사는 억양이 세서 그렇지, 험한 말을 하는 사람은 아니다. 다행히 주민은 거짓말에 능한 사람이 아니었다. 택배기사가 뭐라고 욕했냐는 고객센터 직원의 물음에 우물쭈물했다고 한다. 부드러운 억양을 가진 직원이 자신의 스킬로 주민의 화를 가라앉힌 것으로 사건은 일단락.

일차적 잘못은 이중 주차를 한 직원에게 있었지만, 주차를 오래도록 해서 차가 옴짝달싹 못 한 상황도 아닌데 본인 베이비 앞에서 그렇게 베이비를 찾을 일이었는지.

감미롭게 베이비를 찾는 발라드가수처럼 말하고 싶은데 잘될지 모르겠다. 어쨌든 해 보자면.

주차할 곳이 없어서 잠시 정차하겠습니다.

인근 지역을 배달하고 있으니

잠깐만 기다려 주세요.

절대 오래 걸리지 않아요.

밥줄 달린 일인데 느리게 할 수 있나요.

빨리 돌아와서 차 빼 드릴게요.

말도 좀 하고 운전도 좀 하죠

그날도 여느 날처럼 아파트 단지 안에서 배송 중이었다. 코너를 도는데 주차된 차 사이에서 갑자기 아이가 튀어나왔다. 급브레이크로 차를 세웠다.

손발이 벌벌 떨려서 내리지도 못하고 있었더니 경비 아저씨가 다가와서 상황을 살펴 주셨다. 아이를 일으켜 주시고 내 차도 돌아봐 주시고 마지막으로 나의 멘탈도 챙겨 주셨다. 아저씨 덕분에 겨우 차 밖으로 나와 한숨을 돌릴 수 있었다. 경비 아저씨는 차 사이로 뛰어나오면 큰 사고가 난다고 아이를 나무라셨다. 그 목소리가 크고 무서웠을 수도 있다. 목적은 경고였으니 충분히 그래야 한다고 지금도 생각한다.

그런데 그 아이의 아빠가 나타나 왜 우리 아들을 혼내냐며 화를 냈다. 어린아이는 충분히 그럴 수 있다는 것이 그분의 주장이었다. 그 주장만 하고 넘어갔다면 나서지 않았을 텐데, 그분이 관리실에 민원을 넣어 아저씨를 자르겠다고 말해서 나도 그냥 지나칠 수가 없었다.

"사장님, 잘못하면 귀한 자식 잃었을 수도 있어요. 그 생각은 안 하시나요? 아이가 판단할 수 있게 잘못에 대해서는 설명을 해 주셔야죠. 당신이 그 일을 게을리하니 다른 어른이 하고 있는 겁니다."

아이 아버지는 아무 말 없이 자기 집으로 들어가 버렸다.

경비 아저씨는 "자네 말 좀 하는군, 그리고 운전도 좀 하네"라고 하셨다. 그러고는 경비실에서 커피 한

잔하고 가라고…….

그때까지도 진정이 안 되어 손발이 떨리긴 했다. 급할수록 돌아가야지, 어른이 하는 말씀은 잘 들어야지 하면서 경비 아저씨를 따라갔다.

용기가 있어야
화해를 할 수 있답니다

택배 근무한 지 3년쯤 되던 해에는 냉온풍기가 빅히트 상품이었다. 그러나 내 입장에서는 크기도 크고 무겁기도 해서 참으로 곤란한 물품이었다. 특히 비가 오는 날이면 더욱 그러했다. 비가 오는 날에는 협소한 경비실에 부탁을 할 수도 없었다.

슬픈 예감인 듯 비 오는 날, H아파트 108동 505호와 506호로 똑같은 냉온풍기가 왔다. 인터폰으로 연락을 하니 505호는 부재중이었다. 하는 수 없이 경비실에 맡기려고 하니, 경비 아저씨가 안 된다고 하셨다.

같은 냉온풍기니까 앞집에 부탁하면 좋겠다는 생각이 문득 떠올랐다. 자초지종을 이야기하자 506호에서 흔쾌히 맡아 주셨다.

배달이 끝난 후, 비가 와서 경비실에 못 두고 앞집에 위탁을 했다고 505호에 전화를 했다. 505호는 다짜고짜 나에게 욕을 했다. 20대 후반에서 30대 초반으로 들리는 젊은 친구가 나에게 일을 '그 따위'로 하냐고 따지고 들었다.

그래도 고객이다. 재차 설명을 하는데 더욱 입에 담지 못할 욕을 하는 것이었다. 앞집이랑 어떤 사이인지 알지도 못하면서 맡겼냐고 했다. 당연히 그런 사이는 알지 못한다.

계속 듣다 보니 나도 너무 화가 나서 내가 당장 갈 테니 기다리라고 하고 차를 돌렸다. 초인종을 누르니 나오는 사람은 그 고객의 아내였다. 정작 그 사람은 나오지도 못했다.

그때는 나도 미숙해서 나오라고 안에다가 소리소리를 질렀다. 누가 봐도 안에 있었다. 전화상으로는 할 말 못 할 말 다하더니 면전에서 하자 하니 못 하더라.

용기가 없어 아내를 현관에 나가게 하는 그가 안쓰러워졌다. 그의 용기 없음으로 미루어 생각해 보자면 그는 앞집과 싸웠을 것이다. 안 보인다고 또 가리지 못하고 말을 쏟아 냈을 것이다. 그리고 후회하고 있을지도. 물론 아닐 수도 있다. 어찌 되었건 앞집은 그러한 일들에 전혀 개의치 않는데 혼자만 그런 것이다. 기회가 왔을 때 506호는 손을 내미는 용기를 보여 준 것이고, 505호는 그것을 감당치 못한 것이다.

나는 일을 '그 따위'로 하고 있지만 차를 돌려 그의 집 초인종을 누를 용기가 아직 있었다. 505호도 용기를 조금 더 내어서 현관 앞에서 누군가 내미는 손을 잡을 수 있으면 좋겠다.

ㅿㅁㅇ
시베리아에서 곰을
어쩔러나도
몰라

③

거기서 뭐 하세요?

에미 애비도 못 알아본다는

경찰이나 택시기사만 주취자를 만날 것 같지만 택배기사도 주취자들에게 시달린다. 새벽에 전화가 와서 받으면 100퍼센트다. 낮에 배송 확인차 드린 전화를 못 받은 고객이 본인이 센티한 시간에 부재중 전화를 확인하고는 전화를 거시는 거다.

어떤 괴로운 마음 때문인지는 모르겠지만 아무 말도 없이 울기만 하면 무섭다. 시간대가 그렇지 않은가. 아무래도 예민한 시간이니 아내에게 이상한 상상력을 키워 주기도 했다. 2차 피해가 발생하는 지점이다.

이 일을 하면서 낮에 술을 마시는 사람들도 많다는 것을 알게 되었다. 어디 나가 스트레스를 풀 수 없는 분들이 집에서 조금씩 홀짝홀짝하시는 모양이다. 그분들 입장에서는 엄청 특별한 일탈이겠지만 하루 300여 집을 방문하는 나에게 낮술은 여러 집에서 목격할 만큼 평범한 일이다. 그러니 어떤 특별함 때문이라면 낮술일 필요가 있는지 곰곰이 생각해 보시라.

한번은 이런 적도 있었다. 전화기 건너편에서부터 알코올 향기가 나는 분이셨다. 댁에 계시냐고 물었더니 그렇다고 해서 현관문을 두드렸으나, 통화 내용과는 다르게 아무런 기척도 없었다. 물건의 부피 또한 커서 남들에게 위탁할 수 없었다.

결국 집 앞에 두고 계속해서 연락을 드렸다. 전화를 받을 수 없는 상황인가 해서 문자로 물건이 집 앞에 있음을 알렸다. 퇴근을 하고 한참이 지난 밤에 대뜸 전화가 왔다. 물건이 없다고 했다. 현관문 앞에서 그 정도 냉대를 받았다면 물건도 다른 좋은 사람 만나 떠나기에 충분해 보였다.

물건을 현관 앞에 둔 내 잘못이라고 해서, 어쨌든 미안함을 전하려는데, 그분이 본사에 전화를 해 잘라 버리겠다는 말로 나를 찌르기 시작했다. 물건이 다른 좋은 사람을 찾아가 다행이라는 생각을 하며 견뎠다.

그러고 전화를 끊은 다음에는 이상하게 조용히 넘어가졌다. 이런 분들의 특성상 그냥 넘어가질 일이 아닌데 수상하다 싶어 동네에 알 만한 분에게 물어봤다.

들어 보니, 술에 취한 본인이 물건을 집 안에 들여다 놓고 까먹은 후 물건이 없다고 판단해 그 난리를 친 것이었다. 술에 취한 인격이었는지, 깨어난 인격이었는지 알 수는 없지만, 나중에 그 물건을 본인 집에서 찾은 것이다.

그래서 나는 잘리지 않고 이 일을 계속하고 있다.

택배 차가 없어졌어요

몇십 년 일했다는 이유로 마치 태어날 때부터 택배기사였던 양 이야기한 것 같아 신입 때 이야기를 해 보려고 한다.

먼저 시작한 선배님과 동승을 하다가 혼자 배송한 지 3일도 안 된 때였다. 주택가지만 대로변인 곳에 비상 정차를 하고 배달을 다녀왔더니 내 차가 없었다. 분명 이 장소인데 차가 혼자 어디에 갔나 싶었다.

번뜩 선배들이 이야기했던 차량 도난 사건이 생각났다. 택배 차량은 바쁜 스케줄 때문에 기사들이 차

키를 꽂아 둔 채로 정차를 하곤 해서 범죄의 대상이 된다고 했다.

다행히 주머니에서 차 키의 존재가 느껴졌다. 그렇다면 차는 혼자 어디 간 것일까?

엄마 잃은 아이처럼 주변만 계속 서성이는데, 한 200미터는 떨어진 곳에 있는 공항 리무진 한 대가 눈에 들어왔다. 리무진 앞에 서 있는 택배 차량은 우리 어머니(적어도 〈우정의 무대〉라는 TV 프로그램을 아는 세대만 웃을 수 있다) 아니, 그러니까 우리 차가 확실했다.

그곳은 평지처럼 보였지만 내리막이었고, 주택가긴 하지만 대로변이라 공항 리무진 정류소가 근처에 있었다. 사이드 브레이크를 올린다고 올렸는데 확실히 채워지지 않았나 보다. 200미터 정도 어떤 것에도 걸리지 않고 조용히 홀로 무한질주하고 있던 내 차를 시간 맞춰 출발하기 위해 대기하고 있던 리무진 기사님이 발견하신 것이다.

안 좋은 상황과 그나마 다행인 상황이 함께 어깨동무를 하고 있었다. 그분이 리무진 버스의 앞 범퍼로 내 차를 막아서 더 이상 내려가지 않게 조치를 취해 주셨다. 덕분에 정말 다행히 200미터나 흘러 내려왔음에도 불구하고 리무진 앞 범퍼만을 훼손하게 된 것이다.

지금 생각해도 아찔한 사고였다. 내 미숙함이 대형 사고를 만들 뻔했다는 사실에 어쩔 줄 몰라 하며 연신 죄송하다고 했더니 기사님이 말씀하셨다.

"같은 운전 일을 하면서 그럴 수도 있지."

그리고 다음부터는 평지처럼 보여도 사이드 브레이크만 믿지 말고 기어를 반대쪽으로 빼는 것도 명심하라고 당부하셨다. 그래서 20년이 넘은 지금도 그분의 말씀대로 하고 있다.

BUS
BUS

손발

좋은 품질을 제공하기 위해 공급자는 이용자의 의견을 청취한다. 요즘은 많은 비용을 지불하지 않아도 이용자의 의견을 들을 수 있다. 온라인 창구를 운영하면 이용자들이 많은 이야기를 전해 주기 때문이다. 이용자 입장에서 보면, 공급자 측 누군가를 공격하기 위해 한 일들이 실은 공급자 측을 도와주는 일일 때가 많은 것이다. 그렇게 공급자를 도와주기 위해 엄청난 에너지를 쏟으시는 분들이 있다.

그분은 특히 '고객의 소리' 지분이 상당했다. 그런데 어마어마한 양에 비해 알맹이가 없었다. 그러니 상담원은 구체적인 피해 사실을 확인하려고 더 많은 질문을 할 수밖에. 놀라운 것은 그분의 작문 실력이 나날이 늘어 갔다는 것이다. 역시 지켜봐 주는 사람이 있어야 글이 는다.

이번 피드백은 구체적인 피해 사실을 적어 달라는 것이었는지(이전까지는 택배기사가 마음에 들지 않는다는 말의 반복이었다) CCTV 이야기까지 등장해 택배기사가 물건을 발로 걷어차는 것을 확인했다는 내용이 접수됐다. 그래서 발로 걷어찬 물건이 부서졌다 이런 게 아니라…… 없어졌다는 알 수 없는 방향으로 이야기가 흘렀다. 앞으로도 상담원의 지도 편달이 필요할 듯했다.

발로 찬 것이 문제인지 분실이 문제인지 알쏭달쏭했

지만, 우선 물건을 찾는 것이 해결의 실마리라고 생각했다. 물건의 배송 담당자이자 CCTV의 등장인물인 기사분에게 들으니 분명 문 앞으로 배송을 했다고 했다. 물건이 부피가 크고 너무 무거워 손발을 다 사용해 거의 밀고 갔기에 정확히 기억한다고 했다. 발로 찬 물건이 분실되었다는 인과관계보다는 훨씬 타당해 보이는 스토리 라인이었다. 달리 방법이 없어 시간을 두고 물건이 나타나길 기다렸다.

다음 날 물건을 베란다에서 찾았다는 고객님의 전화가 왔다. 손과 발을 다 사용해야 할 정도로 커다랗고 무거운 물건이 스스로 베란다에 걸어 들어간 것일까. 손발이 안 맞는 듯한 이야기가 손발이 가루가 되도록 배송을 해낸 기사님의 노고보다 앞설 땐 속이 상한다.

손과 발은 알고 있겠지. 안간힘을 써서 밀고 간 것인지, 기분 나쁘게 툭 던져 놓은 것인지. 그러면 된 거다.

요즘 같은 시대에
남의 집 귀한 자식에게

요즘엔 나 혼자 일하는 것이 아니라 같이 일하는 기사들이 여럿 있고, 내가 리더 아닌 리더 역할을 하고 있다. 이 리더 역할이라는 것은 다름이 아니라 바로 욕받이다.

고객들이 운송장 번호를 추적했을 때 나오는 전화번호는 내 전화번호다. 보통 문제가 있을 때만 힘든 연락이 오기에 다 같이 욕 채널을 열어 둘 필요는 없다고 생각했다. 걸려 오는 전화에 대응하느라 실제 많은 배송이 미루어지기도 한다.

그날도 내 전화는 욕을 전달하는 핫라인이었고, 그 고객분은 특별했다. 일단 그분은 나와 함께 일하는 기사가 불친절하다고 본사에 컴플레인을 걸었다. 배송 전 연락 없이 경비실에 맡긴다는 이유였다. 당연히 이 기사는 페널티를 받았다.

고객분의 컴플레인 내용으로 보면 기사가 백번 천번 잘못한 것 같지만 실상은 그 고객이 여러 차례 전화를 해도 받지 않았다는 것이다. 당일 배송이 원칙이기에 기사는 물건을 경비실에 위탁한 것이다.

한번 이런 일을 겪고 나니 다음 배송이 신경 쓰일 수밖에. 이번 배송에서 또 고객이 전화를 받지 않자, 기사는 초인종을 누르고 집에 계신지 확인을 한 뒤(부재중이셨던 것 같다) 경비실에 물건을 위탁하는 대신에 문 앞에 두었다고 한다. 고객은 이번에도 컴플레인을 걸었다. 집에 있었는데도 문 앞에 두고 가서 화가 나니 담당 택배기사를 바꿔 달라는 내용이었다(정확하게 말하자면 기사를 해고하라는 이야기였다).

본사 고객센터에서 내게 연락을 해 왔다. 담당 기사도 상당히 감정적인 상태인 것 같았다. 결국 내가 그 고객님과 통화를 하게 되었다. 담당 기사가 내게 전달한 내용과 다른 내용이 있는지 확인하려는 순간, 고객분이 나에게 말했다.

"내가 갑인데 왜 택배기사가 갑 노릇을 하죠?"

나는 고객에게 말했다.

"고객님. 배송기사와 고객님은 갑과 을이 아니라 상생관계죠. 고객님이 원하시는 상품을 택배기사가 배송하지 않으면 결국 받지 못하시는 것인데 어떻게 갑과 을이라고 말씀하십니까?"

내가 말하고도 조금 멋있다고 생각했지만, 달라지는 것은 아무것도 없었다. 담당 기사는 또 페널티를 받았다.

최근에는 법도 제정되고 하여 서비스업 종사자의 보호를 위한 안내 문구가 게시되고 있다. 이런 하나마나 한 것을 왜 입법할까 하는 사람들의 이야기도 있지만, 얼마나 심각하면 법으로까지 만들어져야만 했을까 생각해 봤으면 좋겠다.

우리 모두 우리 집 귀한 자식이다. 고객을 위한 을로 만들어지지 않았다.

금쪽같은

우리 모두

미안합니다, 잘 먹었습니다

지금처럼 블랙박스도 CCTV도 없었던 시절의 일이다. S초등학교에 배송을 하고 문구점 앞을 지나가는데 채소장수 트럭이 코너링을 하면서 쏜살같이(진부한 그 말 외에 다른 표현이 생각 안 날 정도로) 사라졌다.

그런데 그 1톤 채소 트럭에 짐을 적재하기 위해 설치된 천막이 약간 열려 있는 듯하더니 그 사이로 큰 상자 하나가 툭 떨어지는 것이다. 하필 주행 경로가 반대 방향이라서 나는 차를 세우고 채소장수 트럭으로 달려갈 수밖에 없었고, 역시 쏜살같이 달려가는 차를 따라잡기는 어려웠다.

지금 같았으면 바로 경찰서로 갔을 텐데, 그때는 미숙했고 블랙박스도 아직 없어서 영상 같은 것도 돌려 볼 수가 없었다. 다만 동네로 장사를 오시는 분일 것이라는 생각을 하고 급한 대로 문구점에 상자를 맡겼다(가만 보면 누군가에게 물건을 꼭 전해 줘야 하는 강박이 있는 것 같다).

다음 날 문구점에 갔더니 사장님이 아무도 오지 않았다고 했다. 채소장수는 그 주변에 장사를 하러 주기적으로 오는 분도 아니라고 한다. 상자가 꽤 커서 더 이상 문구점에 맡기는 것이 민폐였다.

고민 끝에 나중에 채소장수를 만나면 변상해야지 하고 상자를 열었다. 새초롬한 부추 스무 단이 들어 있었다. 더 있다가는 새초롬함 없이 누렇게 뜨게 될 참이었다.

문구점 사장님께 열 단을 드리고 열 단은 집에 가져와 지인들과 나누었다. 그렇게 나누었지만 단이 크고 양이 많아서 부추김치도 하고 부추전도 해서 꽤 오랫동안 맛있게 먹었다.

한참을 먹을 동안에도 그 채소장수와는 마주치질 못했다.

늦었지만 채소장수께 인사를 남긴다. 죄송하지만 맛있게 잘 먹었습니다.

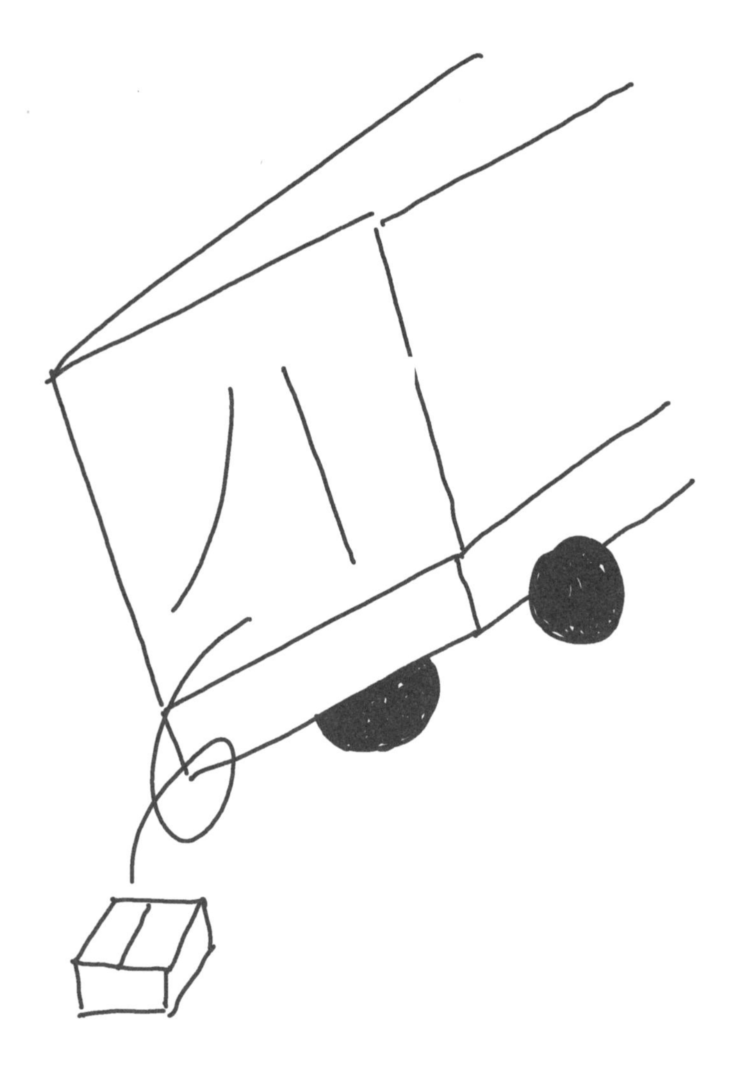

그럴 사람

우리 배송지역에서 고가의 아동용 전집이 사라졌다. '아이 책이 얼마나 하겠어'라고 할 수 없을 정도로 전집은 비싸다. 그걸 물어 주고 나면 배송한 기사는 기름값과 통신료조차 남지 않아 '이번 달은 무료배송이었네'라고 할 수도 없게 된다. 꼭 찾아야 했다.

일이 잘 안 풀리려 그랬는지 담당 기사 차량의 블랙박스 진원이 그날따라 나가 있었다. 터미널에서 기사가 상차하는 모습이 마지막 기록이었다.

좀 희한한 상황이었던 것이, 분명 가지고 간 기록은 있는데 어디에 위탁을 했다는 기록이 없었다. 고객이 받은 적이 없고, 문 앞이나 경비실 같은 장소에 둔 적도 없다. 그 물건은 기사 외에 손을 탄 사람이 없었던 것이다. 그러다 보니 목소리 큰 어떤 사람은 그 기사가 중간에 가로챈 것이 아니냐는 말까지 했다. 워낙 고가인 그 전집은 중고로 내놓아도 높은 가격대에 거래된다고 했다. 그 사실이 기사가 욕심을 냈을 것이라는 근거였다. 평소에 봐도 그럴 사람이었단다.

그럴 사람과 안 그럴 사람이 처음부터 구분되어 있다는 영화 설정• 같은 이 말에 동의할 수 없었다. 나는 그 기사는 그럴 사람이 아니라고 두둔했다. 아무 근거 없으면 의심하시는 분과 똑같아지는 것 같아 40대 미혼인 그가 아동용 전집의 가치를 알지도 못했을 것 같고, 그 물건을 가져가도 쓸모를 찾을 수 없다는 점을 내세웠다. 내 말 또한 어떤 편견인가 싶어서 찝찝했는데 돌아오는 말이 더 당황스러웠다.

"훔쳐서 조카를 주었을지도 모르잖아요."

그자와는 이야기를 더 해 봤자 소용없었다.

억울해서 죽겠다는 기사를 붙잡고 그 에너지로 그때를 다시 떠올리자고 했다. 다행히 기사가 동일한 일자에 같은 전집을 발송했던 기억을 꺼냈다. 전집이 무거워서 '배달 오는 것도 있고, 반품 나가는 것도 있고, 오늘 운수 정말 더럽네'라고 생각했다는 것이다. 그 생각이 운 나쁜 일을 가져왔는지는 모르지만, 더불어 그 일을 해결할 실마리가 되었다.

육면체인 상자에 운송장을 붙일 수 있는 면은 여섯 개나 되고, 어떤 방향에서 보느냐에 따라 때로는 운송장이 두 개 붙어 있어도 알아채기가 어렵다. 업계에서는 '이중 송장'이라고 할 정도로 종종 이런 경우가 있다.

알고 보니, 그 전집도 운송장이 두 개 붙은 이중 송장 사례였다. 배송 운송장을 보고 '배달'로 분류했으나, 운송장이 붙어 있지 않은 쪽을 보고 반품 '발송'으로 판단, 발송 운송장을 붙여 도로 발송처로 보내버린 것이었다. 블랙박스가 꺼지는 바람에 확인이 좀 늦어졌다. 이 사건은 발송처에서 고객에게 물건을 다시 보내 주는 것으로 해결이 되었다.

얼마 후, 기사의 가족분이 나에게 전화를 해 왔다. 의심스러운 상황에서 끝까지 본인의 가족을 믿어 주어 고맙다고 하셨다.

그럴 사람이 아니라는 것을 알았다는 근소한 차이만 있을 뿐, 목소리만 크고 아무것도 모르는 사람과 다를 바 없는 나였지만, 진심 어린 고마움을 전해 들으니 우쭐해지는 기분이 들었다.

Minority
Report

이 기억으로 한 번은 더 그럴 사람 / 안 그럴 사람 나누지 않으려고 한다. 그럴 용기가 생겼다.

• <마이너리티 리포트>: 범죄를 저지를 만한 사람을 예측해 미리 단죄하는 근미래를 표현한 영화. 미래 살인자로 지목된 주인공이 이에 음모가 있음을 파헤치는 내용이다.

오늘 출국합니다

90년대 드라마에서는 남녀 주인공이 애틋하게 만나는 장소로 종종 공항이 선택되었다. 해외여행이 지금처럼 자유롭지 않아 특별했다. 공항에서 어긋나지 않고 만나야 인연인 듯했더랬다. 그러나 오늘날 그런 장면이라면 바로 외면당할지도 모른다. 공항은 넓고 그 안에서 두 사람이 마주치기란 사실상 어렵다는 것을 우리 모두가 알 정도로 해외여행이 흔해졌기 때문이다.

그런데 아직도 그 특별함을 택배기사에게 강요하는 고객님들이 있다. 새벽부터 전화해 하차되지도 않은 물건을 오늘 밤 비행기라서 가지고 가야 한다고 말한다. 한 명이라면 이런 글을 쓰지도 않을 것이다.

여행의 설렘을 새 물건으로 채우는 과정이 얼마나 신나는지 나도 잘 알고 있다. 새로 산 옷을 입고 가면 정말 날개 달린 듯 여행지로 날아가는 기분이 들겠지. 하지만 배송 예정일 정도는 미리 확인해 볼 수도 있을 것 같다. 판매자가 배송 예정일을 충분히 고지하고 있고, 운송장 번호로 배송 단계를 조회해 볼 수도 있다. 계획된 설렘이 바로 여행인데, 왜 설렘을 오래 누리려고 하지 않고 다른 이에게 싫은 소리를 하는 시간으로 바꾸어 버리는 것인지 모르겠다.

여행의 특권은 설렘이지 갑질이 아닙니다, 고객님. 출국 며칠 전에 배송받으셔서 짐을 미리 챙겨 두시면 좋잖아요. 공항까지 당신을 따라가 붙잡을 만큼 사랑하지는 않는 것 같네요.

You 스틸 my number

그날도 배송 완료가 되었는데 물건이 없다는 전화가 왔다. 운송장 번호를 달라고 해 보니 내가 배달한 물건이 아니었다. 담당 기사에게 내용을 전달하고 고객과 통화해 보라고 말해 주었다.

다음 날 그 기사를 만나 잘 해결되었냐고 물었더니 고개를 절레절레 흔들었다. 상황을 확인하려고 고객에게 전화를 했는데 대뜸 전화번호는 어떻게 알았냐고 화를 냈다고 한다.

운송장 주요 정보가 받으시는 분의 주소와 전화번

호다. 요즘은 거의 '안심번호'로 처리되어 전화번호는 모르지만 통화는 가능한 사이라고 해야 할까. 다시 말해, 전화번호를 모르고 싶어도 알 수밖에 없는 사이다.

어쨌든 본인이 알려 주지 않았다고 생각해 기분이 나쁠 수도 있었다. 그렇게 충분히 이해의 영역을 확보했음에도 고객이 개인정보 도용으로 경찰에 신고하겠다고 나오는 데에는 너무 어이가 없어서 대꾸도 못 했다고 한다. 처음에 나하고 연락한 인연으로 내가 통화해 보기로 했다.

고객은 해당 기사에게 번호를 알려 주지 않았는데 전화를 받았고 (배송을 그 기사가 했으니 전화번호를 아는 게 당연해요.) 그 기사가 문자도 자주 보내니 이 두 가지가 개인정보를 도용했다는 증거라고 했다. (배송 전후 상황을 안내하는 시스템 문자예요.)

그분은 이러한 증거를 가지고 개인정보 도용을 당했다고 정말 경찰에 신고까지 하셨다. 뭔가 엄청 논리적인 말을 하려고 하셨지만 하나도 이치에 맞지 않았으니, 경찰분도 진땀 꽤나 흘리셨을 듯하다.

그에 대해 반박하는 말을 해 봤자 싸움만 키울 뿐이었다. 발송업체에서 주소지와 전화번호를 잘못 기재한 것이 확인되어 물건을 다시 보내 주기로 하고 일을 마무리 지었다.

저…… 고객님…… 혹시…… 개인정보 도용이 아니라 스토킹이라고 하고 싶었던 거 아니에요? 아는 것도 한번씩 잘못 튀어나올 때가 있으니까. 궁금해서요. 맞으면 왼쪽 발가락 꼼지락해 봐요. 확인할 방법이 없어서 알아채기는 어렵겠네요.

그런데 고객님, 제 전화번호는 어떻게 아신 거죠?

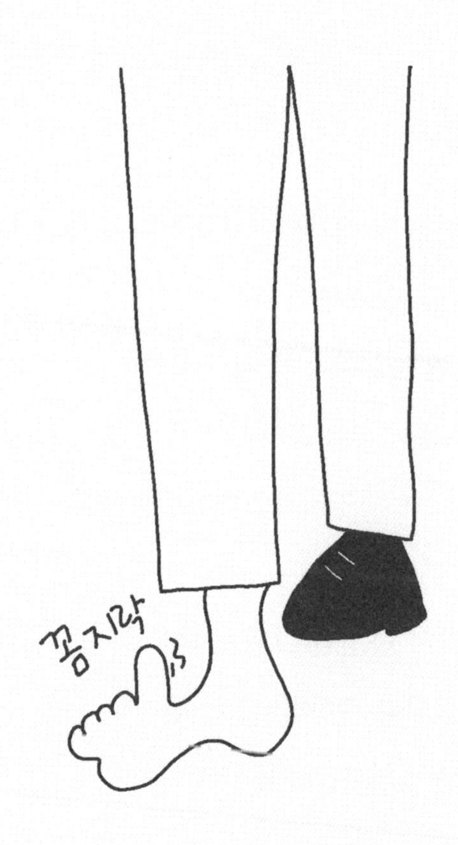
꼼지락

어깨에 힘이 들어가면

세상에는 '택배기사는 대체로'라는 편견이 존재한다.

택배업에 대체로 나이가 어린 친구들이 많이 종사하는 건 사실이다. 엄청난 육체노동이기에 그럴 것이다. 그래서 국가 공인 노인이 될 날이 얼마 남지 않은 나도 아파트 경비원분들에게는 항상 '새파랗게 젊은 사람'이다.

정확히 따지면 그렇게 나이 차이가 나지 않지만, 아버님처럼 큰형님처럼 어린아이 돌봐 주시듯 대해 주시는 경비원들이 많아 부딪칠 일이 없었다.

다만 딱 한 번, 조금 잘못된 어른을 만나 크게 다툰 적이 있다. 택배 일을 한 지 18년 정도 된 때라 나도 완연한 중년이었다.

마침 내가 일했던 아파트의 승강기가 교체되던 시기였다. 한 라인이 승강기를 교체하면 다른 라인의 엘리베이터를 타고 옥상 연결 통로로 이동하는 수밖에 없었다. 한마디로 엘리베이터 없이 15층 이상을 걸어 내려가서 배달하는 상황이었다.

엘리베이터가 그러하다 보니 고객님들이 먼저 경비실에 위탁해 달라고 하시기도 했고, 경비원분들이 물건을 두고 가면 주민들에게 양해를 구해 주겠다고 하시기도 했다. 서로 어려운 상황이니 조금씩 도와서 해결하자 했던 것 같다. 그런데 그분만은 달랐다. 나를 엘리베이터를 이용할 수 없어 꾀를 부리는 어린애 취급을 하셨다.

보통 배송 예상 시간을 문자로 먼저 전송하기에 해

당 동에 가서는 인터폰을 한다. 그분은 내 옆에서 인터폰 통화내역을 다 들으셨다. 딱 한 집, 13층이 통화가 되지 않았고 나머지 집들은 계단을 이용해 모두 배송을 마쳤다. 이어 경비실로 갔다. 13층 고객이 부재중이셔서 경비실에 물건을 위탁하고자 한다고 했더니, 그 경비원분은 사람이 있는데 물건을 두고 그냥 가려고 한다고 화를 내기 시작했다.

인터폰 할 때 옆에 계셨는데 왜 이러시나 싶었고 그 생각을 입으로 옮기기도 했다. 그러자 경비원분이 내 멱살을 잡았다. 멱살을 잡히다 보니 나도 화가 나서 살짝 밀었는데, 그분이 거의 고꾸라지셨다.

서로 생각과 다른 일이 일어나 머쓱한 나머지 나는 결국 다시 인터폰을 시도했다. 13층 고객이 전화를 받으시자 나도 모르게 격양된 목소리로 말했는지 고객님이 내려오셨다. 20분 전까지만 해도 외출 중이라 인터폰을 받지 못했다면서 미안하다고 하셨다.

지금 생각해 보면 그게 왜 고객님이 미안해하실 일이었나 싶긴 하지만, 나를 몰아세우던 경비원분에게 해명해 주시려고 최선을 다하셨다. 그런데 경비원분은 13층 고객이 계속해서 오해라고 말해도 본인만이 사실을 이야기한다고 하시며 나를 몰아세웠다.

이미 사실이 무엇인지는 중요치 않은 지점으로 가고 있었다. 배송도 완료했고 더 이상 해야 할 일이 없어 그냥 돌아섰다. 일하기 싫어서 꾀부리는 젊은이로 남는 게 더 나을 것 같았다. 어깨에 그렇게 힘주고 다녀 봤자 오십견만 오지 뭐.

경비원

그 '집'이 어디죠?

언제나처럼 시작은 물건을 못 받았다는 말이었다. 하루에 300곳 이상을 방문하는 나는 "어디시죠?"라고 되물을 수밖에 없는데, 돌아오는 대답이 황당하도록 비슷하다.

"집이요."

주소지라고 물어보지 않은 내 탓이다.

들어 보니 그 집은 집주인이 받은 기억이 또렷하게 났다. 요즘은 기억 정도가 아니라 기록까지 남아 있다.

이전에는 미약한 기억력을 보강하기 위해 '본인', '경비실' 등 수기로 운송장에 적기도 했지만, 이제는 세상이 좋아져 배송 완료 후 스마트기기로 고객에게 완료 메시지를 전송한다. 그러다 보니 초 단위까지 기록된다.

그 고객님은 문자는 받았지만 물건은 못 받았기에 전화를 한 것이라고 하셨다. 간혹 가족들이 받고 전달하지 않아서 오해가 생기기도 하기 때문에, 다른 분이 받으신 건 아닌지 확인부터 했다. 그분은 혼자 살고 있어서 절대 그런 일이 있을 수가 없다고 하셨다.

기억이 또렷하게 남아 있는, 배송 갔던 그 집의 문을 다시 두드렸다. 물건을 받은 분이 나왔다. 전화를 한 그분과는 다른 인물로 밝혀졌다.

2년 전 이사를 간 고객님이 이전 주소지로 물건을 시켰는데, 현재의 집주인이 택배기사가 가져다준 물건을 받고 어떤 조치도 하지 않은 채 현관에 그대로 둔 것이다. 포장을 훼손하거나 물건을 사용한 것도 아니고, 그저 '내 물건 아닌 물건이 우리 집에 왜 왔지(긁적)?' 이런 상황이라 원망도 할 수가 없었다. 우연히 택배 선물을 받은 현재의 집주인은 왠지 내가 찾으러 올 것 같았다고 말했다. 나는 탐정이 아니라 일개 택배기사일 뿐인데.

이걸로 끝인 줄 알았지만……. 물건을 찾아서 주문하신 고객님에게 배송을 해 드렸더니, 상자가 훼손되었다며 물건을 받지 않겠다고 하시는 게 아닌가. 테이프조차 뜯지 않았기에 받아 온 물건이었다. 하루라도 빨리 받아 보시라고 주소 오류 처리도 하지 않고 고객님이 말씀하신 현 주소까지 배송한 내가 원망스러웠다.

간혹 짐칸 가장 높은 곳에 있던 물건이 아래로 떨어지면서 상자 모서리가 찌그러지거나 눈이나 비에 더러워지는 경우가 있기는 하다. 물건을 분류하는 곳에 천막도 치고 하지만, 빠른 배송이 우선이다 보니 겉상자까지는 지켜 주지 못하는 경우가 많다.

이전 집까지 거쳐서 현 주소까지 오다 보니 어디서 그랬는지 모르지만 겉상자 모서리 한 귀퉁이가 찌그러져 있었다. 고객님은 상자가 찌그러진 것이 물건을 아무 데나 던져 둔 증거가 아니겠냐며 전 주소로 잘못 배송된 것도 이 때문이라는 이상한 소리를 하셨다.

'집'으로 배송된, 상자'만' 찌그러진 물건의 배송비는 내 돈으로 물어 주고 말았다.

고객님이 적어 주신 주소로만 배송합니다. 지금 책을 지어내고 있지만 주소를 지어내지는 않습니다.

진상을 잊은 자에게 미래는 없다

역장님, 택시기사님. 이런 분들이 지역의 숨은 맛집을 잘 알고 있다고 해 그분들이 소개하는 맛집 프로그램이 종종 기획된다. 이 글을 읽는 분들 중 혹 그런 기획을 하시는 분이 있다면, 택배기사도 한번 생각해 달라고 어필하고 싶다. 워낙 여러 군데 배송을 다니다 보니 진짜 코를 사로잡는 맛집이 있긴 있더라. 다래성이 그런 집이었다.

○○공원 옆에 위치한 다래성은 운동하러 나온 사람들이 일단 먹고 시작할까 하다가 식욕 폭발로 주

변에 있는 다른 맛집으로 2차를 가게 한다는 마법 같은 곳이다.

다래성으로 배송을 갔다가 나도 오늘은 반드시 이 집 짜장을 먹고 가겠다는 생각으로 주저앉았다. 공원까지 줄이 드리운 상태였지만, 처음엔 물건을 들고 있었기에 바로 통과할 수 있었다. 마치 하이패스처럼 통과하고 순간 포착한 자리에 앉은 상태.

사장님이 주문을 받으러 다가오시는 줄 알았다. 사장님은 내 기분이 상하지 않도록 최대한 유의하시면서 뒤에서 기다리는 분들이 많으니 차례를 지켜 주면 좋겠다고 하셨다.

물건을 배달하는 용무를 위해 줄을 건너뛴 것이었는데, 우선 입장권을 구매한 사람인 양 그렇게 앉아 버리면 안 되는 것이었다. 진짜 부끄러웠다.

앞에서 뒤에서 고객들에게 마음대로 진상이라고

부르면서 마음의 돌을 던졌던 것을 반성했다. 하나도 다를 바가 없었다.

그래서 창피해 못 갔느냐. 잘못은 빠르게 인정하고 진정으로 사과한다면 다음이 있다. 이후에 다래성에 갔고 지금도 계속해서 가고 있다. 소신 있는 사장님의 음식은 항상 신선하고 정성이 깃들어 있으며 무엇보다도 싸다. 이런 음식을 못 먹는다면 나만 손해다.

모든 사람들에게 따뜻한 음식을 대접하는 곳. 바쁜 와중에도 손님을 먼저 생각하는 곳.

나도 다래성과 같은 서비스를 제공하고 싶다. 바쁘다고 뒤에 있는 손님의 마음을 놓치면 안 된다.

그런데도 중간에 그대로 주저앉았다는 것은 정말 흑역사. 과거의 일로만 두고 싶다. 앞으로는 달라져야지.

④

세상의 반

이런 사람 저런 사람

아파트 한 라인을 배송할 때면 머리 위까지 물건이 올라간다. 시야를 포기하면 한 번에 배송할 수 있고 좀 더 빠른 특급이 될 수 있다. 멋 때문에 내린 이마 위 커튼으로도 시야란 포기되는 것이니까.

그렇게 생각해서 위험하다고 인지하지 못한 것도 문제였다. 물건이 정말 물이 차오르듯 들어왔던 날, 열심히 노 저어 가다가 큰일이 났다.

출입구에서 물건을 정리하고 있는데 1층으로 내려온

엘리베이터가 보였고 앞에는 어떤 분이 지나가고 있었다. 나는 '이 타이밍이라면' 하고 느끼며 시야를 포기하는 대신 더 많은 물건을 양손 가득 들고 출입문으로 돌진했다. 그리고 내 볼을 가르는 뜨거운 한 줄기.

그날은 한파의 날씨였고, 그렇다면 이렇게 빠른 줄기가 땀은 아닐 것이라 생각하자마자 입으로 찝찔한 맛이 훅 치고 들어왔다. 피 맛이었다.

앞서 있던 어떤 분도 엘리베이터를 탈 생각에 급하셨는지, 투명 출입문이 열리자 서둘러 통과하느라 뒤에 오는 나를 보지 못한 듯했다. 시야도 포기한 상태였던 나는 그사이 닫힌 아파트 출입문을 헤딩하였고 그로 인한 충격으로 눈두덩이 약한 쪽이 찢어졌다.

물건이 사방으로 흩어지고 난리가 났다. 하지만 당시에는 내가 다친 것보다도 엘리베이터를 놓치고 싶지 않다는 집념이 더 강해서 피를 흘리는 와중에도 물건을 주워 들고 출입문을 통과해 엘리베이터로 다가갔다.

무서워서 그러셨는지, 그분은 엘리베이터 닫힘 버튼을 누르시더니 올라가 버리셨다. (글을 쓰다 보니 좀 괘씸하다는 생각도 든다. 그는 나를 스쳐 지나갔기 때문에 적어도 내가 문에 부딪히는 소리, 비명을 지르는 소리 등을 들었을 것이다. 떨어진 물건들을 빠르게 주워 들긴 했지만 진행 속도상 아파하거나 물건을 다시 쌓는 나를 엘리베이터에서 보고 있었을 수밖에 없다.)

그리하여 난 올라간 엘리베이터를 기다려야 하는 상황에 봉착하였다. 그때만 해도 상처는 안중에도 없었고 한참을 기다려야 하는 상황에 더 몰입해 있었던 것 같다.

서 있는 동안 다른 어떤 분이 출입문으로 들어왔다. 나와 같이 엘리베이터를 기다리는 상황에서 그분은 바로 내가 다쳤다는 것을 알아채고는 "아저씨, 피

나요!"라고 했다.

그제야 내가 심하게 다쳤다는 것을 알아차렸다. 안 아팠던 것은 아니다. 아플 시간조차 없었다는 표현이 정확할 것 같다.

어쨌든 아무렇지도 않았지만 누가 알아봐 줘서 그런지 그때부터 상처에서 난 피가 눈앞을 가리기 시작했다. 마치 길에 넘어져 있는데 엄마가 나타나서 "아팠어?"라고 말하면 순간 서러움이 밀려오는 것처럼 그랬다.

"괜찮아요"라고 말하고 싶었지만 괜찮지가 않아서 물건을 겨우 손에서 내려 엘리베이터 앞에 그대로 두고 경비실로 내려왔다. 그 순간엔 물건이고 뭐고 피를 닦아야겠다는 생각뿐이었다.

나를 본 경비 아저씨가 소스라쳤다. 피가 많이 나긴 했나 보다. 경비실에는 그래도 뭐가 있겠지 싶었는데 정말 아무것도 없어서 두루마리 휴지로 겨우 쏟아지는 피를 닦아 내려고 시도만 했다. 역부족이었다.

그때 엘리베이터 앞에서 "아저씨, 피 나요!"를 외친 분이 나타났다. 집에 올라가 탈지면과 소독약, 간단한 연고 같은 걸 가지고 오신 거였다. 그리고 손수 치료를 해 주셨다.

어떤 사람은 뒷사람이 양손 가득 물건을 들고 오든지 말든지 출입문을 닫히게 해 부딪히게 하고, 또 다른 사람은 나와 상관없는 사람의 아픔을 치료해 주려고 돕는구나 싶었다.

나는 어떤 사람일까? 이런저런 사람이 있지만 그래도 치료해 주려고 하는 쪽이 되고 싶다는 생각을 했다.

믿어 주셔서 감사합니다

어떤 이들은 나보고 집집마다 숟가락이 몇 개인지 다 알 것 같다고 말을 한다. 고객에게 안내 전화를 할 때, 거의 매번 받는 질문 때문에 그렇게 된 것 같다. 그 질문은 바로,

"물건이 뭐죠?"

어쩔 수 없이 나는 품목을 확인하고 알려 준다. 처음엔 택배로 선물을 많이 받는가 보다 생각했다. 나중에 보니 그건 아닌 것 같았다. 그래서 어떻게 자기가 사고 어떤 물건인지도 모르는가 많이 의심했다.

딸을 보면서 알았다. 인터넷으로 뭔가 구입하는 사람은 다 시간이 없는 사람들이었고, 그래서 어떤 필요로 샀지만 바빠서 그 필요마저 잊어버리는 사람들이었다.

그토록 바쁜 사람들이 나에게 그 필요를 맡기고 믿고 기다린다. 어떤 경우에는 스페어 키를 숨겨둔 장소를 알려 주기도 하고 현관 비밀번호를 가르쳐 주기도 한다. 그만큼 믿어 주시니 너무나 감사한 일이다.

비록 그들이 무슨 물건을 샀는지 잊었더라도 내가 적시에 나타나야만 하는 이유다.

물건이 뭐죠?

△□○ 입니다

우리집 비밀번호는요
****

입틀막

6시 50분 해물만두

고객님이 전화로 택배를 보낼 물건이 있다고 하셨다. 내 전화번호를 어떻게 아셨는지 모르겠지만 연세가 있으신 분들은 이렇게 하신다.

그분은 내게 몇 시에 올 거냐고 물으셨다. 택배라는 일만큼 시간 약속 필요한 일이 없지만 또 그만큼 시간 약속하기 어려운 일도 없다고 생각한다. 변수가 많아 항상 내 뜻대로 되지 않는다. 점쟁이라면 알 수 있을지 모르겠지만 시간은 항상 모르는 일이었다.

나는 대충 "7시에서 9시 사이"에 가겠다고 말씀 드

렸다. 8시라고 생각했지만 8시로 맞추지 못하면 약속을 어기게 되는 셈이니 보통 이렇게 한다. 기다리는 입장에서도 7시부터 성화를 부리기엔 성급해 보여서 절대 다그치지 않는다.

그런데 이분은 6시 50분에 전화를 하셨다. 7시가 다 되었는데 왜 안 오냐는 것이었다. 기분이 썩 좋았다고 할 수 없었지만 7시를 주지시킨 내 잘못이기도 했다. 서둘렀으나 7시에 맞추지는 못했고, 조금 늦게 그분 댁에 방문할 수 있었다.

나를 위한 상이 차려져 있었다. 음식이 식을까 봐 내가 오기로 한 시간에 맞추어 저녁상을 준비하신 거였다. 멀리 나간 자식을 맞을 때처럼 상은 가지런했다. 처음에는 사양했지만 그 정성을 무시하는 것 같아 맛있게 먹었다.

이후에도 그분은 물건 보낼 일이 있으면 6시 50분

에 상을 차려 두고 기다리셨다. 힘든 일을 하면서 식사를 거르면 안 된다는 말씀과 함께. 차린 것이 없다고 하셨지만 항상 잘 차려져 있었고, 나는 항상 그 정성을 뒤로할 수 없었다.

그렇게 시간이 지나갔다. 명절에는 세배도 드렸다. 그러다 보니 만두를 대접받게 되었는데 그 집 만두는 특이했다. 해물이 잔뜩 들어가서 담백했다. 지금은 어떤지 모르겠지만 시중에 그런 만두는 없었다. 여쭤보니 평안도식이라고 하셨던 것 같다. 후에 평안도식 만두 만드는 곳에 찾아가 먹어 봤지만 그 맛은 아니었다. 그분 만두는 특별할 정도로 맛이 좋았다.

이렇게 만두가 그리워진 이유는 이제 다시 먹을 수 없기 때문이다. 만두를 몇 번 먹었을 무렵 그분은 교통사고를 당하셨다. 그리고 어린아이가 되어 버리셨다. 어린아이가 된 아내가 큰 충격이셨는지 남편분은 얼마 지나지 않아 돌아가셨다.

나로서는 그 아픔을 짐작조차 할 수 없지만 가끔 6시 50분이 되어 시장기가 밀려올 때쯤 그 집 해물 만두가 너무나 그리워서 속이 쓰리다.

되돌려 주기 위한 친절은

하루는 너무 추워 배송을 서두르는데 어느 아주머니가 나를 불러 세웠다. 시간을 빼앗아 미안하다고 연신 사과하시며, 집으로 굴이 배송되었는데 본인 물건이 아니라고 하셨다. 어떻게 해야 할지 몰라 바빠 보이는 나를 어쩔 수 없이 부르신 거였다.

아주머니는 아무리 날이 추워도 굴의 신선도가 나빠질까 봐 본인이 가지고 있던 냉매제를 추가해 다시 포장하셨다고 했다. 운송장에 적힌 전화번호가 다행히 물건 주인의 것이어서 여러 차례 시도한 후 통화가 되긴 되었다. 아래층 사는 사람의 물건이었다.

아래층 사람은 외부에 있다고 물건을 문 앞에 두어 달라고 했는데, 그후에 연락이 없는 걸 보니 이번엔 제대로 수령한 모양이었다. 윗집 아주머니가 굴이 상할까 냉매제를 더 추가해 포장한 건 알았을까. 통화할 때 이 부분을 강조해 말했어야 하는 게 아닌가 후회했지만, 아주머니의 표정이 정말 흡족해 보여서 사람들이 알아주건 아니건 상관없을 듯했다.

되돌려 받기 위한 친절은 그만두더라도, 되돌려 주기 위한 친절은 계속되어도 좋을 것 같았다.

분명 빈손이었지만 아주머니는 보람을 양손 가득 들고 돌아서고 있었다.

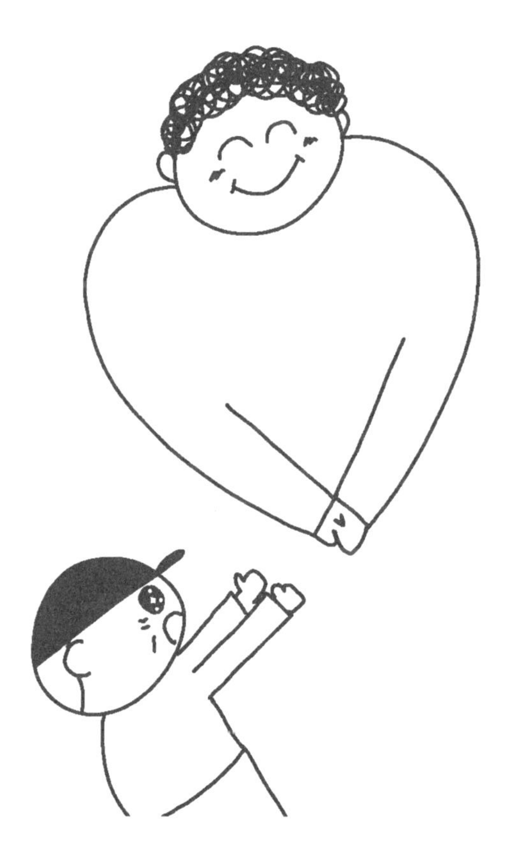

한국은행
천원
1000

천 원의 행복

빌라에 사시는 할머니는 두 달 혹은 세 달에 한 번 물건을 보내신다. 아들에게 보내시는 거다. 요금은 착불로 하신다. 그러면서 천 원을 따로 내 주머니에 넣어 주신다. 회사 규정상 안 된다 말씀드려도 규정이고 뭐고 노인네는 모른다고 하신다. 자식 같은 이가 끼니도 제대로 먹지 못하면서 일하는 것 같아 식사하라고 주는 거야, 하시는데 안 받을 재간이 없다. 다시 건네 드리면 노인네가 주는 거라 안 받는 거냐고 화를 내시기 때문이다.

천국에서 먹는 김밥도 요즘엔 천 원에 살 수 없지만 먹지 않아도 괜찮다. 배부르다.

하루에 300개의 물건을 배달해도 고맙다는 말을 한 번도 못 받을 때가 있다. 그런데 천 원이라니. 밥을 먹으라고 천 원이라니. 건네는 것이 작아도 충분히 행복해질 수 있다.

나도 누군가에게는

내가 맡은 한 동네는 시골에서 이주해 온 가족들이 많았다. 그래서 자연스럽게 할머니, 할아버지의 정성을 대신해서 전하는 일을 하게 되었다. 배달을 하는 것이지만 지나는 길에 잠시 들른 친척과 같을 때가 있었다. 전하는 물건이 따뜻하기에 그럴 수 있는 거라고 생각한다.

하늘(혹시 몰라 가명으로 적는다)이도 내가 가져간 할머니 선물을 좋아하던 일곱 살 아이였다. 그리고 시간이 참 많이 흘렀다. 오랜만에 하늘이네를 방문하자 하늘이 어머니께서 하늘이의 입사 지원 이야기를 풀어내셨다. 하늘이가 내가 일하고 있는 택배사의 본사 공채에 지원하였고 아쉽게 최종에서 떨어졌다는 이야기였다.

하늘이의 입사지원서에 내 이야기가 쓰였단다. 자기 집을 찾아오는 친척 같은 택배 아저씨가 좋아서 이 기업에 지원한다고.

나도 누군가에게 어떤 의미가 될 수 있다는 것이 이렇게 마음 벅찬 일인 줄 몰랐다.

내가 말하고 싶어서 덧붙이자면 현재 하늘이는 남들이 부러워하는 외국계 기업을 잘 다니고 있다.

처준

114동 포틀럭 파티

유럽인지 미국인지 잘 모르지만 이국에서는 모임을 할 때 참가자들이 음식을 하나씩 가져오는 문화가 있다고 한다. 낯설게 들리지만 유럽, 미국까지 갈 필요도 없다. 대한민국 H아파트 114동 정자에만 가도 포틀럭 파티가 항상 개최되기 때문이다.

집 안에서 답답하게 홀로 식사를 하시기보다는 바람 솔솔 부는, 굳이 말하자면 야외 테라스석을 선택하신 할머니들이 주인공이다.

그분들 표현 따라 날씨가 꾸물럭 하면 어떤 분은

수제비, 다른 분은 국수, 또 다른 분은 김치전을 해서 모이신다(김치전이 해물파전이 되는 날도 있었다). 한여름 낮에는 과일이나 옥수수였고 보통날에는 떡볶이. 그보다 더 기억 안 나는 날씨에는 제과점 빵일 때도 있었다. 김장김치로 한 것이 분명한 김치볶음밥이 나올 때는 확실히 봄이 오고 있다는 것을 느꼈다. 음식을 다 먹고 나면 경비 아저씨의 커피가 마지막 순서였다. 그 십시일반에 도움이 되지 않는 사람은 나뿐이었다. 나는 매일 빈손이었지만 매번 초대를 받아 더욱 죄송스러웠다.

중국음식도 괜찮으시다면 한 번이라도 대접하고 싶어 경비 아저씨께 현금을 드린 적이 있다. 중국음식은 타이밍인데 내가 시간을 잘 못 맞출 것 같았기 때문이다.

슬픈 예감은 틀리지도 않게 그날 나는 포틀럭 파티

114동 포틀럭파티로 오세요!

가 열리는 시간보다 훨씬 늦게 도착했다. 경비 아저씨가 나를 불러 세우시길래 중국음식 때문인가 했더니 현금을 그대로 돌려주시는 것이 아닌가.

젊은 사람이 힘들게 일하길래 같이 먹자고 한 것일 뿐 대접받으려는 게 아니라고 할머니들이 호통을 치셨다고 한다. 서로에게 부담 주지 않는 선에서 준비하고 음식을 나누자는 그 이국의 문화를 나 혼자 따라가지 못한 것은 아니었는지.

할머니들의 마음을 잘 알게 된 이후로는 그저 잘 먹는 모습으로 보답하려고 했다. 그러다 배송지역이 변경되어 114동 야외 테라스석에 가지 못하게 되자 할머니들이 많이 서운해하셨다. 나는 그래도 종종 놀러 오겠다고 약속했다.

창고를 짓는 마음

그동안 택배 배송에 있어 큰 변화가 있었다면 무인택배함과 '문 앞'이 아닐까. 초창기에는 반드시 통화하고 물건을 전달해 주는 형태였고, 그다음이 경비실과 이웃집, 그리고 이제는 무인택배함과 문 앞이다.

특정한 어느 누구의 문제가 아니라 우리 모두가 점점 여유가 없어지는 것 같다. 집에 누구 한 명 있을 정도의 시간도 안 되고, 경비 아저씨나 이웃과 말을 나눌 시간도 부족하고, 무인택배함 아니면 문 앞에

놓인 것을 겨우 챙겨 가는 세태. 씁쓸하지만 어쩔 수 없는 변화라고 생각했었다. 그 '창고'를 만나기 전까지는 말이다.

A아파트에는 재활용품을 수거하기 위한 창고가 있었다. 정해진 요일에만 재활용품을 배출해야 하는 방침이 생기고 나니, 365일 분리 배출을 위해 존재해야만 했던 창고가 존재 이유를 잃었다. 그렇게 없어지는가 했던 창고는 경비 아저씨의 어떤 마음으로 다시 생명을 얻었다.

앵글? 랙? 무엇이라고 불러야 할지 모르겠지만 분리 배출된 가구들이 팬트리 형태로 재조합되었고, 각 라인별 섹션도 나누어졌다. 365일 밤낮없이 재활용품을 지키던 곳이라 전등과 문은 원래 있었다. 이제는 지키는 대상이 택배로 바뀌었지만 여전히 안전한 장소였다.

made in

솔직히 택배기사 입장에서 무인택배함이 달갑지는 않다. 비밀번호를 다 똑같은 번호로 설정할 수도 없는 노릇이고, 하나하나 다른 번호 지정하는 데 시간이 너무 많이 든다. 정한 비밀번호를 문자로 다시 적어 주는 일도 힘들다. 더군다나 단지마다 무인택배함의 종류가 다르고 각각의 사용법도 다르다. 늘 같은 함에서 물건을 꺼내는 입주민과 달리 우리는 매일 물건을 넣어도 택배함과 쉽게 친해질 수가 없다. 잘못 설정하면 물건을 꺼내지도 못하고 옆면에 적힌 고객센터와 통화를 해야 하는 상황이 생긴다.

문 앞 배송을 하면서 일하는 시간도 줄고 더 편해지지 않았냐고 하신다면 대답부터.

아니다.

CCTV가 워낙 많은 우리나라에서는 택배를 훔쳐봤자 별다른 이득이 없다는 통념이 있지만, 그렇다고 물건이 사라지지 않는 건 아니다. 견물생심이다.

보이는데 안 사라지는 것이 사실 더 특이한 상황이다. 코로나로 문 앞 배송이 권장되면서 물건 분실률이 많이 늘었다. 그에 대한 물질적 보상은 개인사업자인 택배기사의 몫이다.

그동안 불편하다고 생각은 했었지만 상황을 바꿀 생각은 못 했다. 멀리서 지켜보시던 경비 아저씨가 나의 마음과 입주민의 편의를 모두 고려해 손수 이런 변화를 가져온 것이다.

다른 사람이 겪는 일을 지켜보면서 그 사람이 어떤 마음이 들지 헤아려 주는 마음. 나는 언제 창고를 짓는 마음이 될 수 있을지.

역시 멀었구나 싶었다.

최종의 삶

출판사분과의 미팅은 내게 매일 만나는 사람들과 다른 사람을 만나는 신선한 충격이었다.

편집자가 20년 전 택배요금이 얼마였냐고 물었다. 지폐가 들어가는 지갑 정도의 크기가 4,000원이었다고 하니 적잖이 실망한 것 같았다. 지금보다 가격이 높으니 기대한 대답이 아니었을 것이다.

물가상승률과 전혀 상관없이 택배요금은 제자리걸음이었다. 처음 시작할 때는 오히려 취급하는 업체가 거의 없었기에 서비스 비용이 높았다. 이 사업에 전망이 보이자 여러 업체가 달려들었고 피 튀기는 가격 경쟁이 시작됐다. 그 결과는 지금과 같다.

최고가 되기 위해 다른 이를 깎아내리는 경쟁이 계속되어야 하나. 앞선 배우•는 최고가 되기보다는 중턱쯤에서 같이하는 삶에 대해서 이야기했다.

오늘도 어느 거래처가 택배비가 비싸다며 다른 업체로 옮겨갔다. 이 거래처는 집하 실적 압박이 있을 수밖에 없는 집배점 상황을 이용해 커미션을 요구하기도 했다. 그렇게까지 하고 싶지 않아서 거절했는데 손바닥 뒤집듯 떠나 버렸다. 자본주의 사회에서 이익을 찾아가는 것이 당연하지만, 그동안 함께 일하는 사람이라 생각해 마음을 주었던 터라 속상했다.

그래도 이런 사람도 있고 저런 사람도 있다. 회사가 정말 우리를 위해서인지는 알 수 없지만 기본 택

배비를 인상하겠다고 발표하자, 시민들은 이런 인터뷰를 해 주셨다.

"인상된 택배비가 모두 택배기사에게 돌아간다면 택배비가 올라가는 것에 불만이 없다."

모두가 최고를 바라는 건 아닌 듯하다. 중턱쯤에서 같이하는 삶에 대해 생각보다 많은 사람들이 관심을 가지고 있다고 확신했다.

• 윤여정 배우가 아카데미 시상식 후 진행한 인터뷰에서 이렇게 말했다. "나는 최고, 그런 거 싫다. 경쟁 싫어한다. 1등 되는 것 하지 말고 최중(最中)이 되면 안 되나. 같이 살면 안 되나."

비대면 친절

코로나 배송으로 고객분들의 얼굴을 뵙지 못하고 물건을 문 앞에 두고 가는 상황이 이어지고 있다. 이 와중에도 친절은 계속된다.

물량이 워낙 많아 배송이 늦어졌는데, 며칠 동안 물건을 받지 못하셨다는 고객분이 직접 오시겠다고 했다. 물류센터 출입도 그렇고, 시간 약속도 어렵고 해서, 그날은 꼭 배송을 해 드리겠다고 했다.

비대면 배송이라지만 벨을 누르고 "택배입니다"

말하며 멀어지는데 아무 소리도 들리지 않아 문 앞에 두고 간다고 문자메시지를 남겼다. 퇴근 중이라시던 고객님은 꼭 필요한 물건을 가져다주셔서 감사하다는 말과 함께 커피쿠폰을 보내 주셨다.

모든 일이 생각대로 되는 것은 아니지만 요즘이야말로 예상한 대로 되는 일이 하나도 없다. 이런 상황에서도 친절을 건네는 법을 잊지 않는 분들이 있다. 손에서 손으로 전해지는 커피가 아니어도 마음을 전할 수 있는 방법은 많았다. 비대면이라고 아무 접촉 없이 차가워진 것은 아니었는지, 괜시리 힘든 마음에 함부로 연탄재를 걷어찬 것•은 아니었는지.

힘들어도, 전해지지 않을지 몰라도 초인종을 누르며 좀 더 다정하게 목소리를 내려고 가다듬는다.

• 안도현의 시 <너에게 묻는다>의 "연탄재 함부로 발로 차지 마라"를 빌려 썼다.

고객님의 선물

5

그날이 그날인 줄 알았지만

애기 엄마 지영이

유독 따뜻한 봄날이었다. 물건을 정리하는데 젊은 아이 엄마가 인사를 해 왔다. 모르는 엄마였다. 인사를 받기는 했으나 도저히 기억이 나지 않았다. 할 수 없이 아이 엄마에게 "혹시 누구세요?" 하고 물어보았다. 그랬더니 "아저씨 저 지영이예요"라고 했다.

지영이.

나에게는 지영이가 초등학생이었다. 택배를 시작하

고 20년이 지나가다 보니 초등학생인 지영이가 아이 엄마가 될 수도 있었다.

미안해. 지영이가 이렇게 아이 엄마가 되었을 거라는 생각을 못 했어.

내 세월이 지난 만큼 다른 이에게도 마찬가지였다.

• 허락을 구하지 못해 지영이라는 가명을 적는다. 그 이후에 마주치질 못했다.

화요병

직업의 가짓수만큼 직업병도 그만큼일 것이라는 이야기를 들었다. 택배기사의 직업병은 근골격계의 통증이나 만성피로와 밀접한 듯하다.

그리고 또 하나. 특정 요일, 화요일에 아픈 것만 같은 기분이 드는 것도 있다. 월요병과 유사 질병이라고 하면 느낌이 오려나.

평일에 여유가 없는 사람들은 비로소 주말에야 인터넷 쇼핑을 한다. 주문받은 사람들도 휴일엔 쉬니 물건은 월요일에 모두 발송된다. 그러니 화요일만 되면 택배기사들은 어디가 진짜 아프게 된다. 특히 겨울의 화요일엔 가슴이 답답해져 온다. 해가 짧아 금방 날이 저무는데 물량은 가장 많다. 그 어둠을 뚫고 고객을 찾아가면 이렇게 늦은 시간에 남의 집 방문은 예의 없는 일 아니냐고 몰아세운다. 그 추위에 식은땀이 난다.

모두가 기다리는 휴일을 나도 기다리지만 남들보다 한 템포 늦게 병이 난다. 특히 설날 연휴가 지난 이틀 후는 정말 싫다. 세뱃돈은 저축했으면 좋겠다.

다들 그렇겠지만 어떻게든 해내는 생활인이기에 아픈 것 같은 기분으로 일은 한다. 물리적으로 너무 안 될 때도 있어 가족들이 총출동하기도 하고, 센스 있는 여러 분들의 도움을 받기도 한다.

먼저, 화요일이니까 경비실에 물건 두고 가라는 경비 아저씨. 순찰 돌면서 직접 가져다주시겠다고 한다. 화요일이 아닌 다른 요일에도 그렇게 말씀해 주신다.

그리고 다른 동에 배달 다니는 모습을 보니 유독 바쁜 듯하다며, 택배 차로 직접 물건을 찾으러 오시는 고객님. 너무 많으면 수요일에 배송해 주셔도 된다고 말해 주시는 또 다른 고객님.

이런 분들이 있어 불치의 병은 아니다.

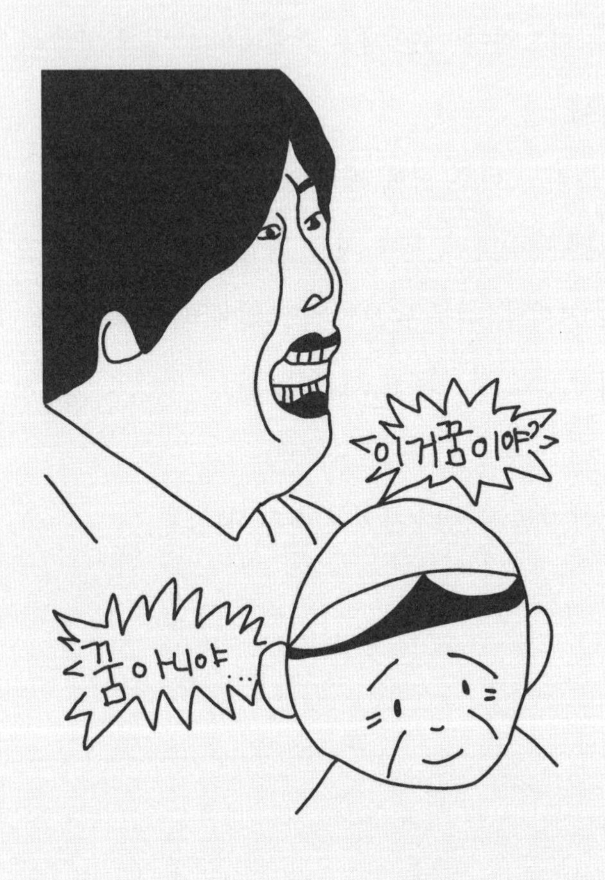
이거 꿈이야?
꿈 아니야…

쩔배의 계절

택배기사의 가을은 감상에 젖어들 시간조차 없다. 이른바 '쩔배'의 계절이기 때문이다.

처음 시작은 시골에서 가족들에게 보내는 것이었겠으나, 요즘은 마트에서도 산지에서 절인 배추를 택배로 받는 상품을 판매한다. 지금은 종영한 예능 프로그램에서도 소개된 적이 있지만 잠시 상상을 해 보자. 배추가 소금물에 절여졌다. 즉, 소금물을 잔뜩 머금은 배추라는 것이고, 그 무게는 가히 상상 이상이다. 그리고 이 쩔배는 한 박스만 오지 않는다. 적어도 여덟 박스에서 열 박스. 단독주택이나 엘리베이터가 있는 곳은 그나마 다행이지만, 빌라나 저층 아파트의 5층이나 6층쯤에 배송이 오면 저절로 탄식이 나오기 마련이다. 계단으로 배송해야 하기 때문이다.

쩔배의 계절 중 어느 날, C빌라 5층에 쩔배 여덟 박스가 왔다. C빌라는 주차가 어려워서 매번 애를 먹는 곳 중 하나인데 그날도 불안한 자리만 남아 있었다. 비상등을 켰지만 그래도 빠르게 배송하고 나가야만 했다. 더구나 곧 뭐가 쏟아질 것처럼 하늘도 캄캄했다.

댁에 계신지 확인차 고객님께 전화를 하였다가 혹시나 하는 마음으로 도움을 청했다. 한 사람이 한꺼번에 여덟 박스는 불가능하고, 두 박스씩 네 번을 왔다 갔다 해야 했다. 누구라도 도와준다면 얼마나 좋을지……. 아니, 그저 불안하게 정차된 차라도 내려

와서 봐 주셨으면 좋겠다는 마음이었다.

C빌라 5층 아주머니는 택배기사가 집까지 가져다 주어야지 왜 도와주어야 하는지 이해가 안 된다고 하셨다. '도어 투 도어'라는 건 내가 더 잘 알고 있다. 이 일을 20년이나 했으니까.

두 박스씩 네 번을 오르고 내려 배송을 끝냈다. 아주머니는 고생했다는 말도 없이 현관문을 쾅 닫아 버렸다. 현관문을 마주 보고 있던 작은 방에는 아들로 보이는 건장한 청년이 컴퓨터 앞에 앉아 있었다.

'뭘 꼭 기대한 것은 아니었잖아'라고 스스로에게 말을 건넸지만, 기대하지 않았다면 입 밖으로 말을 꺼내지도 않았을 것이다. 하지 않은 말이 있기는 했다. 목이 너무 마르니 물 한 잔만 달라는 말이었다.

저기요
물 한 잔만...

추운 날에는 보닛 팡팡

정말 추운 겨울날, 그날은 길을 나서자마자 집에 가고 싶었다. 서둘러야지 했는데 101동에서 102동으로 건너가려는 순간, 시동이 걸리지 않았다. 그래, 이런 날이라면 차도 어쩔 도리가 없을 것이다, 하며 카센터로 전화를 걸었다.

그러니까 추운 날씨 때문이라면 때문이었다. 온기를 찾아온 작은 손님이 있었는데, 그걸 몰랐다. 운행을 마친 후 오래 주차하는 일반 차량과 달리 잠깐 정차

했다가 이곳으로 저곳으로 움직이는 택배 차의 엔진은 따뜻하다. 그 따뜻함에 이끌려 그 손님은 다른 곳으로 갈 생각을 못 하였나 보다.

손바닥보다도 작은 어린 고양이.

길에서 생활하던 그 친구는 처음 만난 겨울, 그 혹독함에 따뜻한 곳을 찾았고, 하필이면 그것이 택배 차의 식지 않은 엔진이었다.

어린 고양이는 사람의 기척에 무방비였고, 무지한 나는 바로 출발해서 그런 불상사를 맞이했다. 오래 거래한 카센터 사장님은 그 아이를 하얀 천에 감싸서 나에게 전해 주셨다. 아직 기름이 묻지 않은 비교적 깨끗한 천이었다.

매일 지나는 길에 있는 산에 땅을 파고 묻어 주었다(지금은 이런 식의 매장이 불법이라고 들었다). 하얀 천이 그러했듯, 내가 할 수 있는 일이 그것뿐이었다.

여러 해가 지나도 나는 추운 날이 되면 보닛을 팡팡 친다.

이제 다 쉬었지? 내려와.

혹시 모를 작은 존재와 그를 품었던 내 차에게 보내는 어떤 시그널이다. 먼저 간 작은 친구가 나에게 준 신호를 나는 그렇게 갚고 있다.

하늘에서 온정이 내려와

11월임에도 급작스럽게 눈이 쏟아진 날이었다. 아무도 예측하지 못한 눈이어서 월동 준비가 되지 않은 차들이 겨우 기어가고 있었다. 짐까지 싣고 있는 내 트럭은 더 힘을 내지 못하고 있었다. 길에 나와 있던 경찰관이 내 차를 세웠다. 운행할 만한 상황인지 파악하기 위함이었다.

아주 미세하게라도 움직이고 있었을 때는 괜찮았는데, 정차를 했다가 다시 운행하려고 하니 바퀴가 헛돌기 시작했다. 비싼 돈 주고 한 스노타이어인데

아무 소용없는 것인가. 효능을 의심할 무렵 확실한 변수가 작용되었다.

사람.

경찰관분들과 갓길에 서 계셨던 택시기사분이 힘껏 밀어 주셨다. 다시 정차를 하면 멈추게 될까 봐 인사도 못 하고 출발했다. 하얀 눈이 평소 모르고 지나쳤던 것들을 환히 비추었다.

감사합니다. 남의 일을 내 일처럼 여겨 주시는 빛나는 당신들이 있어 많이 따뜻합니다.

이 책이 처음 독립출판으로 나왔을 때 '문체가 올드하다'는 피드백이 있었던 것을 보면 모두가 이미 눈치챈 것 같지만 그래도 내 입으로 실토하려고 한다. 나는 최근 나오는 아이돌 가수가 누구인지 못 알아볼 정도로 나이가 많다.

나이 드니 어쩔 수 없다고 생각하며 살았는데, 예외가 하나 생겼다. 방탄소년단, 다시 말해 BTS다.

빌보드 차트 1위를 하고, 뉴스에도 나오니, BTS 정도면 당연히 알아야 하는 거 아니냐고 할 수도 있겠다. 다시 한번 말하지만, 그 정도 노출에도 누구인지 못 알아볼 정도의 나이라니까.

BTS는 내가 소속된 작은 터미널에 핵폭탄급 사건을 일으켰다. 우리 터미널에는 하루 3만 건 정도의 물량이 왔다 갔다 하는데 그날은 평소보다 3~5배 정도 물량이 많았다. 그게 다 BTS의 사인 브로마이드와 앨범이라고 했다.

아주 작은 상자였지만 숫자가 어마무시하다 보니 갑자기 도로가 좁아져 생기는 병목현상처럼 터미널에 난리가 났다. 그러고 며칠 뒤에 추석 시즌이 도래했으나 상대성 때문일까, 그렇게 힘들다는 생각을 못 하고 지나갔다.

"생활을 풍족히 할 만큼의 부력과 남의 침략을 막을 만한 강력이면 충분하다. 오직 한없이 가지고 싶은 것은 높은 문화의 힘이다"•라고 하셨던 김구 선생님은 정말 멀리 보신 분이다. 특히 "문화의 힘이 우리를 행복하게 하고 나아가서 남에게 행복을 주기 때문"이라고 하신 부분.

어느 길목에서도 마주친 적 한 번 없지만 BTS는 그들 자신을 행복하게 하는 음악으로 변방에서 택배를 배달하는 내게도 행복을 주었다.

그들에게 받은 영향으로 나도 내 일을 더 기쁘게 하고 그 마음을 다른 이들에게 배달할 수 있으면 좋겠다고 생각한다.

힘들어도 좋으니 신보가 빨리 나왔으면(신보라는 말도 너무 올드한가……).

• 김구, 《백범일지》, 〈내가 원하는 우리나라〉에서

BTS

서프라이즈

선물을 택배로 서프라이즈하게 하시려는 고객분들이 있다. 날짜나 시간을 맞춰 달라는 것은 좀 어렵다. 업체에서 물건 발송을 늦게 할 수도 있고 터미널에서 물건이 늦게 나올 수도 있는 등, 택배는 프로세스상 고객 한 명 한 명의 요구 조건을 다 충족시키기엔 어려운 부분들이 있다. 그런 서비스를 원하신다면 이벤트 업체나 퀵서비스를 이용하시길 부탁드린다.

그러나 이런 건 가능할지도 모르니 요청사항에 적어 보시길. 배송기사가 너무 바쁘지 않으면 들어줄

지도 모른다.

아빠 선물이라 몰래 가져가 전해 드리고 싶으니 꼭 경비실에 맡겨 주시고 문자 주세요.

아이들 크리스마스 선물입니다. 배송하시면서 산타 할아버지가 바쁘셔서 대신 왔다고 이야기해 주실 수 있나요?

그 집을 방문하자 아이들이 우다다다다 하고 뛰어나왔다. 나는 어쩐지 긴장이 되어서 말을 좀 더듬었던 것 같다. 그래도 산타 할아버지 대신 왔다는 말은 전했다. 말하면서 '아, 이걸 누가 믿겠어?' 싶어 망했다 했는데 막내가 "엄마 아빠 말 잘 듣고 착해질래요. 내년에도 또 만나요" 하는 것이 아닌가.

그날은 루돌프를 탄 듯 가뿐히 배송을 마쳤다.

새해가 와도 배송구역은 바뀌지 않는다. 여전히 그 집은 내 담당이라 계속 배송을 하는데 막내가 점점 크는지 이제 이런 의구심을 말하기 시작한다.

“엄마, 택배 아저씨가 왜 맨날 우리 집 와? 엄마 선물을 왜 맨날 가져다주는 거야?”

‘나는 정말 거짓말을 못해. 다 들켰다. 망했다’ 하는 순간, 위대한 어머니의 또 다른 서프라이즈.

“몰랐어? 엄마는 착한 사람이라서 맨날 맨날 선물 받잖아. ○○이도 안 울고 하면 매일 선물 받는 어른이 될 수 있어.”

착한 어른은 직접 서프라이즈 하기 위해 매일 나를 위한 선물을 주문하는지도 모른다. 그러니까 어머니의 말은 거짓말이 아니다.

3월의 폭설

어느 해 3월. 아침부터 눈이 내리기 시작하더니 계속 해서 쌓이기만 했다. 그칠 줄 모르던 눈은 결국 사람도 차도 가두더니 아무것도 이동할 수 없게 만들었다. 내가 있는 지역뿐만 아니라 전국적으로 내리기 시작한 눈이라 '천재지변으로 인한 휴무'가 결정되었다. 그때가 택배기사로 일한 지 15년째였는데, 처음 있는 일이었다. 문자로 고객들에게 통보를 하고 하루를 쉬어 가게 되었다.

그렇게 되자, 당구를 치러 가는 사람도 있고, 낮술

을 먹는 사람도 있고, 직원들은 여러 형태로 나뉘어 각자 시간을 보냈다. 그동안 어떻게 똑같이 배송을 했었나 싶을 정도였다.

내일 어떻게 될지라도 일하는 날 쉬는 것은 즐거운 일이었다. 눈이, 그 새하얀 눈이 모든 것을 덮어 버리듯 그렇게 토닥토닥. 그동안 너무 고생했으니 쉬라는 듯 그랬다.

배송이 이어져야 했던 시간에 내리는 눈은 악조건인 것이 사실이다. 그 미끄러운 길을 빨리 달리지 못하는 것은 내 사정이지, 고객들에게는 무의미다. 그래서 눈이 싫었다. 그런데 그날 이후로 나도 어느 정도 눈을 즐길 수 있게 되었다. 찔끔 오는 게 아니라 왕창 더 많이 내렸으면 좋겠다. 어떤 의미가 되려면 그 정도 가지고는 안 된다는 생각이 든다.

이왕이면 폭설이어야지.

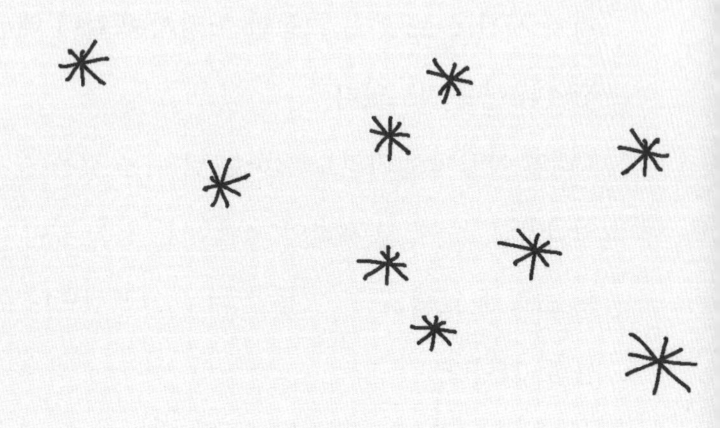

6

어쩌다 운명 공동체

Do you? 두유?

때는 가을이었다. 교회 뒤 다세대 주택에 커다란 물건이 왔다. 이런 곳은 몇 호인지가 적혀 있어야 정확히 배달을 할 수가 있는데 호 수가 없었다. 전화를 해서 고객님이 받으시면 방법이 생기지만, 안 받으시면 다시 가져갈 수밖에.

그런데 그 물건은 시골에서 올라왔다. 경험상 이건 식품이었다. 더 난감했다. 그렇다고 다른 지역 배달을 미룰 수도 없는 상황이었다.

어쩔 수 없이 다른 지역으로 건너가 배달을 하고

있는데 전화가 왔다. 교회 뒤 다세대 주택 아주머니였다. "죄송해서 어떻게 한대유"라고 하셨다. 일하느라 전화를 못 받았다고 연신 미안해하시며. 나도 모르게 "괜찮아유"가 나왔다. 아주머니가 물었다.

"아저씨도 충청두유?"

사실 나는 충청도 사람이 아니다. 처가가 충청도기는 하다. 어디서 들은 게 있어서 한번 해 본 소리였는데 정말로 그렇게 생각하셨다.

저녁에 물건을 전해 드리며 그래도 그건 아닌 것 같아서 이실직고했다. 아주머니는 박장대소하셨다.

커다란 물건은 밤이었고, 아주머니는 비닐봉투에 그 밤을 조금 나누어 주셨다. 밤이 유명한 그 지역에서 태어난 아내 덕분에 우리 집 냉장고에도 밤은 가득했지만, 아주머니의 성의를 생각하니 안 받을 수가 없었다.

'나는 그러하다. 당신도 그러한가?' 하는 질문에는 맞장구가 필요하다고 생각한다. 이해는 어렵지만 반응은 의외로 쉬울 수도 있다. 그것만으로도 웃을 수 있게 된다.

메아리의 이유

명절 연휴에 가족들과 러시아의 블라디보스토크에 다녀온 적이 있다. 짧은 이동으로 유럽의 정취를 느낄 수 있어서 한국 관광객들이 선호한다고 한다. 오래 쉴 수 없는 나를 위한 최선의 선택이었을 텐데, 고맙다는 말은 못할 망정 불평을 했다. 엘리베이터 때문이었다.

혹 입맛에 안 맞는 음식으로 곤란해할까 딸은 취사가 가능한 숙소를 잡았다(에어비앤비 뭐 그런 숙박이라고 했다). 부르주아도 아닌 귀족이 살았을 법한 오래된 아파트였는데 엘리베이터도 그때 설치된 것이 틀림없었다. 사방이 쇠창살로만 막혀 있어 뻥 뚫린 것만 같았다. 사람 손으로 문을 닫고 도착층 스위치를 누르자 비로소 엘리베이터가 철커덩 소리로 응답했다.

그런데 속도는 왜 빠르니. 머리 위로 나를 끌어올리던 도르래도 본 것 같은데 패닉 상태였던 내가 만든 환상일지도 모른다. 소리는 왜 그렇게 요란한지. 엘리베이터가 도착층에 나를 토하듯 뱉어 두자 어디인지도 모르고 무작정 앞으로 튀어나갔다. 그 숙소를 떠나올 때도 엘리베이터에 짐만 실어서 내리고, 나는 계단으로 내려와서 물건을 받았다.

가족들은 별걸 다 무서워한다고 놀렸지만 오래된 엘리베이터가 얼마나 무서운지 몰라서 그런다.

어느 날의 일이다. 평소처럼 배달할 물건들을 가지고

엘리베이터를 타서 도착층을 누르려는데 저 멀리서 "잠깐만요" 하는 소리가 들렸다. 수업 끝나고 돌아온 것 같은 학생이 고맙다며 탔다. 나는 12층, 학생은 15층이 목적지였다.

그런데 누구도 누르지 않은 8층과 9층 언저리에서 엘리베이터가 멈춘 것이다. 설상가상 엘리베이터 실내등까지 암전되었다. 내가 비상버튼을 누르려고 몸을 조금 움직였더니 엘리베이터가 출렁, 했다.

학생이 물기 어린 목소리로 "아저씨" 하고 불렀다. 이유 있는 원망이었다. 아예 기다리지 않고 나만 타고 올라왔다면 좋았을 것을. 그럼 이 친구가 엘리베이터 고장 났다고 빨리 신고라도 해 줬을 텐데.

그 당시 휴대전화가 지금 스마트폰처럼 무엇을 비출 수 있는 형태가 아니어서(이제는 박물관 가서 볼 수 있을 것이다. 숫자 확인만 가능했던 그 노란 건지 연두인 건지 모르는 화면의 휴대전화) 내 주머니엔 항상 조그만 손전등이 있었다. 날이 어두워졌을 때 박스에 붙어 있는 운송장의 주소를 확인하기 위한. 그걸로 내 얼굴을 비추고(학생에겐 그게 더 무서웠는지도 모르겠다) 내가 소속된 택배사의 이름과 집배점 이름을 말했다. 이런 말이 더 무섭지만 정말 그 말 외엔 떠오르는 것이 없어 "나는 나쁜 사람이 아닙니다"를 반복하는 수밖에 없었다.

나쁜 사람이 아니라는 나의 소개에 조금 안심한 듯, 학생은 내 말에 따라 조금씩 반대로 움직여 비상버튼에 다가갔다. 수평이 안 맞으면 엘리베이터가 바로 추락할 수도 있었다. 그렇게 힘들게 비상버튼을 눌렀다. 아무리 기다려도 응답이 없었다.

휴대전화 안테나(안테나라고 하면 이해하려나. 지금은 이걸 뭐라고 부르는지 모르겠다)가 하나도 안 보이는 것이 통화 불가 지역인 듯했다. 지금이야 유치원생도 휴대전화가 있지만 그때 나도 업무 특성상

들리나요?

지니고 있는 것이었지, 학생이 그런 고가의 사치품을 지니고 있을 턱이 없었다.

아무도 우리가 여기에 있다는 걸 모르는 것 같았다. 하교 시간 막바지였고, 퇴근 시간대까지는 아직 텀이 있는 늦은 오후였다. 이러다 추락하면 어쩌지. 80년대 부랴부랴 지어진 건축물들은 날림이 많았고, 교체 수명이 무시되고 있던 엘리베이터들이 추락하는 사고가 종종 뉴스로 보도되고 있었다.

이제는 내 목소리에 물기가 가득해졌다. 그때 학생이 말했다.

"아저씨, 울지 마시고 우리 같이 소리쳐 보는 거 어때요?"

처음엔 둘이 같이 "사람 살려" 외쳤지만 방음은 잘된 아파트였는지 아무도 안 왔다. 번갈아 "사람 살려"를 외치며 계속 이어 갔다.

그렇게 한참을 소리쳤을 때 밖에서 기척이 들렸다. 친구 집에 놀러 왔다가 집에 돌아가려고 했던 또 다른 학생이 9층에서 엘리베이터를 타려고 호출 버튼을 눌렀으나 엘리베이터가 움직이지 않자 친구 어머니에게 이야기했다고 한다. 친구 어머니가 관리사무소에 전화를 한 덕분에 수리업체가 왔고, 우리는 구조되었다.

업체가 두 시간 이내로 출동하였으니 문제없는 대응이었다고 하는데, 나는 그것보다 오래 걸린 것만 같았다.

구조의 계기가 살려 달라는 외침은 아니었지만, 혼자 갇혔더라면 정말 추락했을 수도 있다고 생각한다. 둘이 있었기에 서로 번갈아 소리칠 수 있었고, 그 소리 덕분에 떨어질 것이라는 생각은 못 했다.

다만 반대편에서 소리치고 있는 친구가 지쳤는가,

혹시 우리의 소리를 듣고 달려온 사람이 있는가, 이 두 생각뿐이었다. 그 집중이 우리를 살렸다.

그 아파트의 엘리베이터는 얼마 뒤 교체되었다. 교체 작업 때문에 10층 이상으로도 도보로 배달하는 일이 생겼지만. 입주민이나 택배기사나 모두가 불만인 상황에서 나만 불만이 없었다.

12층 정도 걸어 올라갈 수도 있는 거지. 오래된 엘리베이터가 얼마나 무섭다고.

어쩌다 보니

일찍 아버지가 돌아가시자 원래도 어려웠던 집안형편이 더 어려워졌다. 빨리 돈을 벌어야겠다는 생각뿐이었다.

어떤 목사님이 장학금을 줄 테니 서울 가서 공부하라고 했으나, 귀에 들어오지 않았다. 고등학교 다니면서 은행 일을 돕는 아르바이트를 했었는데(당시엔 미성년자도 소일을 하고 돈을 버는 분위기였다) 은행원이 그렇게 멋져 보였다. 넥타이 매고 앉아서 서류 작성하는 사회인이라니. 필요한 돈도 벌 수 있고 일석이조였다. 어쨌든 짐을 쌌다.

서울 옆, 그래도 도시인 곳에 오니 Y피아노 회사에서 사람을 뽑는다고 했다. 지금은 모르겠지만 Y 회사는 당시 9천 명이 넘는 사람이 다닐 만큼 대기업이었다. 성장하는 사업이었던 만큼 급하게 많이 사람을 뽑고 후에 희망하는 부서에 배치하는 형태였다.

친구가 도장 찍는 업무를 하는 곳이 도장부서가 아니냐고 해서 같이 도장부서에 지원했다. 그곳에서 도장圖章은 코빼기도 볼 수 없었다. 피아노를 페인팅하는 도장塗裝이었기 때문이다. 마스크를 끼고 일을 해도 계속해서 특유의 냄새가 맴돌았고 일과 후 마스크를 벗으면 얼굴은 분진투성이였다.

10년이 지났다. 강산이 변하니 어쩔 수 없는 일이 생겼다. 유해물질을 다루는 그 부서가 외주 업체로 분사하게 된 것이다.

그때 내 생각을 들여다보면 웃긴 것이, 나는 오히려 분사가 아주 잘된 일이라고 보았다. 요즘 젊은이들이 자기주도적으로 일을 할 수 있다는 생각으로 좋은 조건 마다하고 스타트업 가는 것과 비슷한 생각이었을지도. 단순하게는 친한 형이 사장이 되었고 내 직급도 올라가니 일하기 좋아질 것이라고 믿었던 것이다.

나의 단점인지 장점인지 모르겠지만, 나는 나쁜 점보다는 좋은 쪽을 먼저 생각한다. 어쩌다 보니 또 그렇게 되었다. 하지만 단순하고 커다란 믿음은 대체로 잘못될 때가 많아서 형은 점점 돈 욕심을 내다가 마지막엔 회삿돈과 자기 돈 구분을 못 했다. 밀린 월급도 퇴직금도 정산받지 못할 정도로 회사는 쫄딱 망했다.

그때 누가 전망 좋은 직업이라고 택배를 추천했다.

대학도 마다하고, 도장 찍는다고 도장부서 선택하고, 큰 기업에서 나와 작은 업체로 옮겨서 결국 실직하고. 이를 다 지켜본 가족들은 다각도로 좀 더 깊게 생각해 보라고 했다. 전망이 정말 좋은 직업이 맞는지 확인은 해 봐야 하는 것이 아니냐고. 맞는 말만 하는데도 바로 이 대답이 나왔다.

"전망이고 뭐고 지금 내게 주어진 일이니 한번 끝까지 버티고 싶다."

오래 고민하고 다른 선택지가 맞는지 확인해 보는 것도 중요하다. 그러나 그렇게 공들인 선택이라고 해서 모두 잘되는 것도 아니다. 선택한 일이 계속될 수 있도록 가급적 잘 버티는 것. 선택이 1이었다면 나머지 99는 그렇게 버티는 힘이다.

어쩌다 보니 오늘이 되었다. 그때는 몇몇에게만 '전망 좋은 사업'이었지만 지금은 많은 사람들이 진짜 '전망 좋은 사업'이라고 생각하게 되었네. 그러고 보면 가장 중요한 것은 오래 사는 일인가 보다.

버티는 힘을 낼 수 있도록 나무가 되어 준 아내에게: 항상 고맙습니다. 우리 오래도록 함께해 봐요.

그 녀석

내게는 딸 둘이 있다. 한 명은 갔고 다른 한 명은 안 갔다고 표현하면 너무 구식이려나. 아무튼 하나는 결혼해 지금은 귀여운 아가가 있으니 이건 엄청 예전의 일이다.

작은딸의 남자친구라는 녀석이 와서 가족여행을 제안했다. 토요일 배송 때문에 주말을 온전히 쓸 수 없으니 근교 외출이 아닌 여행은 불가능했다. 같이 일을 해서 빨리 끝내면 가능할 수도 있다는 그 녀석의 설득에 넘어가는 척했다. 그의 입장에서 이 제안이 얼마나 큰 용기일지 가늠할 수 없기에 응원하기로 한 것이었다.

아파트 배송은 사람이 많으면 빨리 끝날 수도 있다. 한 동에 정차하면 한 사람이 1-2라인, 다른 사람이 3-4라인, 또 다른 사람이 5-6라인으로 나누어서 배송하면 시간을 줄일 수 있다. 한 사람이 여러 번 가는 걸 여러 명이 한 번에 하는 것이다.

그런데 항상 날짜를 정하면 일어나는 일이…… 결국 그날은 비가 왔다. 더구나 바람이 부는 정도가 아니라 몰아쳤다. 늦가을이었는데 태풍이 부는 것처럼 사람 몸이 바람에 밀려 나가기도 했다. 그날은 내가 여태 근무하면서 날씨가 가장 안 좋았던 날들 중 세 손가락 안에 든 날이었다.

배송도, 여행도, 그리고 우리 딸도 포기하지 않길래 나는 그 녀석이 조금 마음에 들기 시작했다.

같이 여행을 다녀온 후 그 녀석과 더 가까워져서 어느 날은 가족행사를 핑계로 내가 먼저 도와 달라고 청했다. 분명 어려웠을 테지만(그 당시엔 둘 다 어색해 딸이 없으면 눈도 못 마주치고 말도 못 섞고 그랬다) 도와주겠다고 나온 녀석과 동승해 배송지에 도착했다.

내가 짐칸에서 짐을 찾는 동안 녀석은 조수석에 타고 있었는데 내 휴대전화가 울렸던 모양이다. (딸이 자리를 비워서) 말도 잘 못 하는 녀석이 하얗게 질려서 짐칸으로 찾아왔다.

"전화 좀 받아 보셔야 할 것 같아요."

휴대전화를 귀에 가져가니 계속 진행되고 있었던 육두문자가 전해졌다. 익숙한 나는 그걸 들으면서 짐을 정리할 수 있었지만, 그 녀석은 거두절미하고 시작되는 그런 심한 말은 처음이었을 것이다.

대수롭지 않게 흘리고 있다가 고객님이 다 하신 것

같아 요구하는 바를 질문해 알아내고 그렇게 해 드리겠다 하고 마무리하였다.

나는 녀석의 눈망울에 묻은 존경을 보았다. 여기서 그치지 않고 그 녀석은 "아버님 대단하십니다"라고 말했다.

이 상황을 다 보고도 전속력을 다해 도망치지 않은 그 녀석을 나도 존경한다.

요즘은 내가 많이 편한지 (딸 없이도) 그 녀석이 내 일을 YG로직스•라고 부르며 물려받을 수 있냐고 농담을 한다. 다행이다, 이 녀석이라서, 하고 나는 생각한다.

• YG로직스: 지금은 불미스러운 일에 휘말려 이미지가 좋지 않지만, 거대 연예기획사 YG와 내 본명 약자가 공교롭게도 같다. 그래서 우리끼리 이 일을 그 연예기획사에 버금갈 우리의 사업이라고 생각하며 이렇게 부른다.

안녕하세요, 해야지

누가 이런 걸 궁금해할까 싶지만 24년간 택배를 했다고 하면 가장 많이 듣는 질문 중 하나가 어떻게 그렇게 오래하게 되었냐는 것이다. 어떤 팁 같은 것이 있다면 알려 달라고.

택배 일을 하는 것도 아니고 하실 것도 아닌데(아! 하실 예정인가?) 왜 그런 게 궁금한지는 모르겠지만 하나로 정리하자면 이거다.

인사. 인사를 잘한다.

경비 아저씨, 슈퍼 사장님, 이발소나 미장원 사장님, 세탁소 사장님…… 동네에서 계속 마주치는 분들에게 인사를 잘한다. 인사를 하다 보니 그냥 지나치기 어렵다. 음료수, 과자, 아이스크림을 사 먹고 한 달에 한 번 이발을 한다. 근무지와 집이 좀 떨어져 있지만 집에 있는 세탁물을 그 세탁소에 맡긴다. 그러다 보니 경비 아저씨를 비롯 사장님들은 내 편의를 많이 봐 주신다. 분명 본인들의 협소한 공간임에도 불구하고 내 고객들의 물건들을 맡아 주신다. 나만 자주 마주치는 분들이 아니기에 이분들의 영향력은 참으로 엄청나다. 고객들의 불만을 반으로 줄일 수 있다.

이 모든 것은 인사에서 출발. 그래서 나는 우리 손주에게 다른 말은 하지 않지만 이 말을 꼭 한다.

"안녕하세요, 해야지."

안녕하세요
해야지~

하늘이 무너져도

택배 일을 하면서 단 한 번 후회한 적이 있다면 그날이었다.

다른 동생들도 있지만 바로 밑 동생은 좀 세게 깨문 손가락 같은 아이였다. 태어날 때부터 커다랬던 그 아이는 동년배보다도 머리 하나는 더 컸고 언제부터였는지 모르겠지만 어느 때부터는 항상 내 키보다 컸다.

어릴 때 동생 친구 녀석이 내게 물을 가져오라고 한 적이 있다. 그때 TV 스포츠 중계에 빠져 있던 나는 이런저런 상황을 말하는 게 귀찮아 그냥 물을 가져다주었는데, 나중에 온 동생이 놀라서 "우리 형이야"라고 말해 그 친구가 당황했었다. 나는 어리고 작아 보였고, 그에 비해 동생은 아주 큰 사람이었기 때문이었을 것이다.

내 동생은 메이저리거 R 선수가 태어나기 훨씬 전 D학교 청룡기배 전국고교야구선수권대회 개막전 선발투수로 나섰던 에이스였다. 1학년이 고학년 선배들을 제친 결과였으니 당시 얼마나 대단했는지 설명하지는 않겠다.

그런데 중학교에서 그를 선발해 간 감독이 경질된 이후 그가 경기에 나설 수 있는 기회는 점차 줄어들었다. 일찍 돌아가신 아버지를 대신해 이모부가 그 당시 귀했던 생크림케이크를 사 들고 감독님을 찾아뵈었지만 속수무책이었다.

동생은 케이크만 사 가지고 간 것이 문제였다고 했

지만 방법을 모르는 것이 문제가 아니었다. 내 처지를 안쓰러워했던 목사님의 장학금에도 대학 입학을 포기해야 할 정도로 당장 먹고사는 문제가 어려운 시절이었다. 그때 우리 집은 다 쓰러져 가는 초가집이었고 그 집도 우리 집이 아니었다. 다행히 그 집을 보고 너무 안쓰러워 나를 택했다는 우리 집사람이 내게 가장 큰 기회였지만 말이다.

그 녀석도 그렇게 기회를 잘 잡아 갔으면 좋았으련만, 머리 하나 높이 있었던 그에게 다가온 모든 것들은 나보다 머리 하나 더 큰 낙폭이었던 것 같다. 에이스였던 그 아이는 어려움을 이겨 내는 방법 따위를 배우질 못했고(한 번도 져 본 경험이 없기 때문이었을 것이다) 그래서 야구를 못 하게 되자 술에 의존했다.

그로 인해 말썽은 계속되었다. 특히 나에게. 모든 원망은 야구를 잘할 수 있게 도와주지 못한 나에게 돌아왔다. 어떤 마음인지는 알지만 그래 봤자 두 살 차이였다. 고작 머리 하나만큼. 어린 나는 애초부터 아버지만큼 도와줄 수가 없었다. 그런데도 그 녀석은 나를 원망했고, 내가 꾸린 가정에 특히 경제적으로 영향을 미쳤다. 그 때문에 나의 아내와 자식에게 많은 상처를 주게 되자 그 녀석과의 관계는 돌이킬 수 없는 지경에 이르렀다.

어떤 방법을 써도 쉽게 낫지 않는 손가락. 내 가장 아픈 손가락. 그래서 그렇게 쉽게 그렇게 멀리 그 자식이 그럴 줄은 몰랐다.

한창 배송 중이던 어느 오후에 동생이 사망했다는 전화를 받았다. 머리 하나 차이로 어떻게든 지고 있던 세상인데 무너져 버린 것만 같았다.

문제는 그렇게 무너져 버린 세상 속에서도 배송은 계속되어야 한다는 것이었다. 물건을 가지고 나온 이

상, 배송이 끝나야 했다. 고객들에게 나는 그들의 물건을 잠시 편취한 어떤 인간일 뿐, 하늘이 무너진 상처를 가진 사람이라고 설명할 방법이 없었다.

손이 벌벌 떨려 도저히 운전대를 잡을 수가 없었다. 처남이 내 택배 트럭을 운전하고 딸들이 동승해 배송을 마쳤다고 나중에 들었다.

그때 당시 상황은 블랙아웃이다. 잘 생각이 나지 않는다. 내 일, 택배 일을 한 번도 후회한 적은 없는데 그날을 생각하면 한 번은 있었다고 말하게 된다.

다른 회사원들처럼 바로 그 순간 일은 접어 두고 휴가를 낼 수 있는 직업이었으면 얼마나 좋았을까.

세단이 아니라도 괜찮겠니?

딸이 나이가 들면 어색해진다는 사람들도 있지만 나는 오히려 반대다.

일찍 결혼만 했지, 철이 없던 나는 아내를 많이 고생시켰다. 친구들이랑 대한민국 안 다닌 곳 없이 놀러 다니다 보니, 뜨거운 건 줄 모르고 전기밥솥에 앉아 엉덩이에 화상 입던 막내가 중학생이 되어 있었다.

택배를 시작한 것도 그즈음이다. 진지하게 내가 하는 일을 좋아하면서 가족들과 시간을 보내려고 노력하였다. 아내가 날 잡아 주지 않았다면 어려운 일이었을 것이다.

딸들과의 관계에서도 아내가 중심을 잘 잡아 주었다. 도시락을 싸서 딸들과 나만 야구장에 보내는 등 우리가 친해질 수 있도록 항상 보이지 않는 손으로 대활약했다.

그중 내가 조금 조심하면서 임했던 것은 택배 차로 아이들 등하교를 돕는 거였다. 사춘기에 접어든 딸들이 친구들의 부모님 차하고 비교하면 어쩌나, 나의 택배 차를, 그리고 나를 부끄러워하면 어쩌지, 하는 걱정이 있었다. 그래서 학교 정문과는 조금 거리가 있는 곳에서 딸들을 내려 주었다. 기다릴 때도 검은 세단 행렬 맨 뒤에 정차해 있었다.

어느 날 딸이 내게 조금 화가 난 투로 왜 맨날 이러느냐고 말하길래 드디어 올 것이 왔구나, 나는 마른침을 삼켰다. 오늘이 데려다주는 마지막 날이라는 생각도 들어 조금 서글펐던 것 같다. 그런데 뒤이은 딸의 말.

"왜 맨날 정문 앞에서 안 내려 주고 저 멀리에서 내려 주는 거야? 이러면 데려다주는 보람도 없이 많이 걸어야 하잖아."

내 걱정과는 달리 딸은 나도, 나의 택배 차도 부끄러워하지 않았다. 그리고 나는 까칠한 딸 분부대로 학교 정문 앞을 사수하기 위해 조금 더 일찍 기다리기로 했다.

나뿐만 아니라 그대들도

물량이 많으면 가족들도 조금씩 도왔다. 내가 25년 차다 보니 가족들의 숙련도도 자랑할 만하다.

어느 명절 무렵(물건이 많을 수밖에 없는 때다) 아내와 딸이 함께 배달을 했을 때다. 내가 큰 물건을 들고 잠깐 자리를 비운 사이, 원래 주차한 자리가 아닌 곳에 차가 주차되어 있었다.

열쇠는 두었으니 급한 용무가 있었던 사람이 차를 다른 곳으로 움직였나 했더니, 아내가 차를 빼서 그

곳에 주차한 것이었다. 스틱으로 15년을 운전한 사람이기는 했지만 그곳은 굉장히 좁은 아파트 입구였다.

평소 알고 지내던 다른 택배사 기사가 전해 준 바에 따르면(아마도 이 친구 차가 도착하자 아내가 차를 움직여 같이 배송할 수 있도록 한 것 같다), 아내가 "주차하셔야죠?"라고 묻더니 한 번에 주욱 폭풍 후진하며 별 힘도 안 들이고 좁은 공간을 찾아갔다고 한다. 내 아내일 것이라고 생각 못 하고 새로 오신 분인가 할 정도였다고 한다.

딸은 옷이 해지거나 마음에 들지 않는 운동화가 생기면 내 차에 실어 두었다. 배송 업무를 하다 보면 옷이 더러워지고 원상복구가 안 될 때가 많았다. 속상할 일을 만들지 말고 작업복(해진 옷이나 맘에 안 드는 운동화)을 입으면 된다는 게 그 아이의 생각이었다.

8년 만에 수도권을 직접적으로 때린 태풍이 있던 날도 그랬다. 배송은 정상적으로 이루어져야 해서 난감했는데 어벤져스처럼 딸과 사위가 나타나 세 시간 만에 배송을 끝냈다.

역대 태풍 중 풍속 5위를 기록한 태풍이었다는 건 집에 돌아와 뉴스를 보고서야 알았다. 그 바람 속에서도 흔들림 없이 해내더라. 나뿐만 아니라 그대들도 고생이 참 많았소.

기사님의 닫는 말

종종 언제까지 더 하실 거냐는 질문을 듣는다. 너무 고였나. 썩은 건 아니겠지.

박수 칠 때 떠나면 좋겠지만 일을 계속할 수 있어서 박수 칠 기운이 난다. 남이 쳐 주는 박수보다 중요한 문제다. 일이 주는 기쁨과 슬픔만큼 삶을 깨닫게 하는 것이 있을까.

진부하지만 더 높이 더 멀리 가기 위해, 다리에 힘이 풀리기 전까지는 할 생각이다.

큰딸의 닫는 말

본인이 엄청 트렌디하다고 생각하시는 아빠를 지키기 위해 비밀로 하고 있는 것이 있다. 우리 아빠가 올드맨이라는 사실이다.

아빠는 대부분 모바일로 진행되는 지금의 업무를 버겁게 따라가고 있다. 주변에 계신 분들이 워낙 천사시기도 하고 새로 배워 알려 주는 일에 별로 거부감이 없기 때문에, 아직까지는 불편한 진실이 드러나지 않은 상태다.

아빠가 제일 힘들어하는 것은 모바일의 것을 컴퓨터로 옮겨 오는 일이다. 선이 없는 세계에서 선을 긋고 계신다. 모바일과 컴퓨터 사이에 명확한 경계를 긋고 절대 넘지 않으신다. 그래서 선을 넘는 역할은 내가 담당하고 있다.

평소처럼 아빠가 휴대전화로 찍은 사진의 용량을 조절해 업무 포털에 업로드해 달라고 부탁했다. 배송 과정에서 문제가 있었다고 컴플레인이 들어온 경우 이렇게 해당 사진을 찾아 업로드한다. 이번에는 일주일 전에 찍은 사진을 찾아야 했다. 회사에서 밤샘을 한 내가 피곤해 보여 아빠로서는 어렵게 꺼낸 부탁이었다. 데드라인을 넘기게 되어 관리자에게 한 소리 들었을 게 분명했다. 괜히 짜증부터 시작했다.

"그래서 언제 찍었다고?"

손가락을 아래로 아래로 스크롤링을 해도 비슷비슷한 현관 앞 택배 상자 사진만 나왔다. 일주일 전 그 날로만 필터링을 해도 그 수가 화면을 가득 채우고도 한참을 넘어섰다. 도저히 구분을 할 수 있는 수준이 아니었다. 그런데도 아빠는 어느 집 현관 앞 상자를 망설임 없이 찾아냈다. 그게 맞았다.

어느 지상파 예능 중 휴대전화 사진을 정리해 주는 프로그램을 보면서 웃은 적이 있다. 어떤 아이돌은 휴대전화에 본인 셀피가 워낙 많아 사진 폴더를 본인 사진과 나머지 사진으로 나누었다. 그와 겹치니 서글퍼졌다. 아빠의 휴대전화에는 본인의 얼굴도, 당신보다 사랑하는 가족들도 담겨 있지 않았다. 알지도 못하는 이가 부재중인 문……. 그 사진들로 꽉 차 있었다. 전달하지 못할 아빠의 마음만 알아 버린 기분이었다.

그래서 아빠에게 측은한 마음을 표현하는 아름다운 일…… 따위는 없다. 현실은 언제나 그렇듯이 미안한 마음에 더 화내고 소리를 지르는 것으로 지나간다.

그래도 우리 막내는 달랐다. 아빠의 휴대전화를 온통 차지해도 부족한 아빠 3세들의 사진들을 인화해 왔다. 퇴근 후 아빠는 피아노 밑을 차지한 사진 앨범을 넘기면서 행복해한다.

나는 그런 간지러운 짓은 못해서 같이 책 작업을 했다고 포장하고 싶지만, 솔직히 말하면 책 작업은 철저히 나를 위해 시작한 거였다.

그 당시, 나를 혐오하는 사람들이 가까이에 있었고, 내가 할 수 있는 것은 그들이 쏟아 내는 말들을 그대로 받아들이는 일뿐이었다. 내가 부족하다고 생각했고 그들이 맞다고 여겼다. 쓸데없이 열린 마음이었다.

그들이 나를 향해 닫아 버린 문을 하염없이 쳐다만 보던 어느 날, 그 문이 다시 열릴 리 없다는 걸 깨닫게 되었다. 그제서야 옆에 있는 아빠가 보였다. 문을 닫고 나에게 일말의 여지도 주지 않는 그들과 달리 보이지 않는 곳에서, 자신의 자리에서, 어떻게든 소임을 다하는 사람.

그리고 생각했다. 문 앞에 두고 전달하지 못한 아빠의 마음. 이런 것을 기록하지 않는다면 무엇을 남겨야 하나.

처음엔 독립출판물로 내가 하고 싶고 할 수 있는 만큼만 아빠의 이야기를 담았다. 아빠의 메모와 구술을 토대로 마치 아빠로 빙의된 듯 글을 쓰고 아빠의 검토를 받는 시간이 이어졌다. 장소를 특정할 수 있는 정보들을 이니셜로 처리했는데, 그런 부분이 정확하지 않다고 지적하는 등 가족과 동업하면 의가 상하겠구나 확실히 알 수 있는 시간이었다.

우리만의 소소한 이야기라 생각했지만, 색깔 확실한 독립서점들을 통해 알아봐 주신 분들 덕분에 지금의 편집자를 만날 수 있었다. 이 책은 독립출판물에 코로나 이후 이야기를 더한, 이를테면 확장판이다.

독립출판물을 보신 분이라면 눈치채셨겠지만, 이 번에는 책의 삽화를 내가 직접 그렸다. 특히 사람 그리는 일에 트라우마를 가지고 있었던 내게 "이 책에는 엄청 잘 그린 삽화가 아니어도 괜찮아요!"라며 할 수 있다고 해 주신 편집자님, 감사합니다. 최근 좋게 봤던 책들의 디자이너인 석윤이 디자이너와의 작업도 엄청 설렜다.

문 앞에 둔 상자들로는 전할 수 없던 마음이 여러 분의 도움으로 전할 수 있는 이야기가 되었다. 이제는 정말 누군가의 마음속으로 배송될 수 있기를.

모두가
기다리는
사람

The Man Who Everybody Waits

1판 1쇄 2022년 5월 10일
ISBN 979-11-89385-29-3

지은이. 택배기사님과 큰딸
펴낸이. 김정옥

편집. 김정옥, 조용범, 눈씨 마케팅. 황은진 디자인. 모스그래픽 석윤이
종이. 한승지류유통 제작. 정민문화사 물류. 출마로직스

펴낸곳. 도서출판 어떤책 주소. 03706 서울시 서대문구 성산로 253-4 402호
전화. 02-333-1395 팩스. 02-6442-1395 전자우편. acertainbook@naver.com
블로그. blog.naver.com/acertainbook 페이스북. www.fb.com/acertainbook
인스타그램. www.instagram.com/acertainbook_official

어떤책의 책들

1 **다 좋은 세상** 인정사정없는 시대에 태어난 정다운 철학 | 전헌

2 **먹고 마시고 그릇하다** 작지만 확실한 행복을 찾아서 | 김율희

3 **아이슬란드가 아니었다면** 실패를 찬양하는 나라에서 71일 히치하이킹 여행 | 강은경

4 **올드독의 맛있는 제주일기** 도민 경력 5년 차 만화가의 (본격) 제주 먹거리 만화 | 정우열

5 **매일 읽겠습니다** 책을 읽는 1년 53주의 방법들+위클리플래너 | 황보름

6 **사랑한다면 왜** 여자이기 때문에, 남자이기 때문에, 우리의 쉬운 선택들 | 김은덕, 백종민

7 **나의 두 사람** 나의 모든 이유가 되어 준 당신들의 이야기 | 김달님

8 **외로워서 배고픈 사람들의 식탁** 여성과 이방인의 정체성으로 본 프랑스 | 곽미성

9 **자기 인생의 철학자들** 평균 나이 72세, 우리가 좋아하는 어른들의 말 | 김지수

10 **곰돌이가 괜찮다고 그랬어** 나의 반려인형 에세이 | 정소영

11 **키티피디아** 고양이와 함께 사는 세상의 백과사전 | 박정윤 외

12 **작별 인사는 아직이에요** 사랑받은 기억이 사랑하는 힘이 되는 시간들 | 김달님

13 **여행 말고 한달살기** 나의 첫 한달살기 가이드북 | 김은덕, 백종민

14 **자존가들** 불안의 시대, 자존의 마음을 지켜 낸 인생 철학자 17인의 말 | 김지수

15 **일기 쓰고 앉아 있네, 혜은** 쓰다 보면 괜찮아지는 하루에 관하여 | 윤혜은

16 **당신의 이유는 무엇입니까** 사는 쪽으로, 포기하지 않는 방향으로 한 걸음 내딛는 | 조태호

17 **쉬운 천국** 뉴욕, 런던, 파리, 베를린, 비엔나 잊을 수 없는 시절의 여행들 | 유지혜

18 **매일 읽겠습니다 (에세이 에디션)** 책과 가까워지는 53편의 에세이 | 황보름

19 **애매한 재능** 무엇이든 될 수 있는, 무엇도 될 수 없는 | 수미

20 **주말엔 아이와 바다에** 몇 번이고 소중한 추억이 되어 줄 강릉 여행 | 김은현, 황주성, 이서

21 **진짜 아픈 사람 맞습니다** 교도소로 출근하는 청년 의사, 그가 만난 감춰진 세계 | 최세진

22 **출근하지 않아도 단단한 하루를 보낸다** 일찍 은퇴한 사람들의 습관책 | 김은덕, 백종민

23 **다른 삶** 다른 삶을 살기 위해 어떤 이는 기꺼이 이방인이 된다 | 곽미성

24 **모두가 기다리는 사람** 택배기사님과 큰딸